KB073011

弘源 홍원

신가 新武俠 판타지 소설

FANTASTIC ORIENTAL HEROES

홍원 7

신가 新무협 판타지 소설

초판 1쇄 찍은 날 § 2017년 9월 18일
초판 1쇄 펴낸 날 § 2017년 9월 25일

지은이 § 신가
펴낸이 § 서경석

편집책임 § 이지연

펴낸곳 § 도서출판 청어람
등록번호 § 제387-1999-000006호
등록일자 § 1999. 5. 31
어람번호 § 제2-2723호

주소 § 경기도 부천시 부일로 483번길 40 서경B/D 3F (우) 14640
전화 § 032-656-4452 팩스 § 032-656-4453
http://www.chungeoram.com
E-mail § chungeorambook@daum.net

ISBN 979-11-04-91461-4 04810
ISBN 979-11-04-91291-7 (세트)

弘源

홍원

7

신가 新무협 판타지 소설

FANTASTIC ORIENTAL HEROES

도서출판 청어람

弘源
홍원

目次

第一章　계약　　　　　　　　　7

第二章　두하족(斗霞族)　　　　31

第三章　광맥　　　　　　　　　65

第四章　쟁투　　　　　　　　　91

第五章　백련강　　　　　　　　139

第六章　분심(分心)　　　　　　175

第七章　어파　　　　　　　　　213

第八章　태장강　　　　　　　　237

第九章　응징　　　　　　　　　271

第一章

계약

사막의 낮은 뜨겁고, 사막의 밤은 차갑다.

작열하는 태양과 뼈를 시리게 하는 어둠이 만들어내는 시련이다.

사도평, 아니, 선우평은 그런 사막 한가운데 가부좌를 틀고 앉아 있었다.

벌써 몇 날 며칠째인지 알 수가 없었다.

조부인 선우예극에게서 암천의 정수를 물려받고 수많은 시간이 흘렀다.

그동안 선우평은 이곳에서 꼼짝하지 않고 정수를 다스리고 있었다.

그러나 쉽지 않았다.

거칠게 날뛰는 그 기운을 통제하기는커녕 잡아먹히지 않게 버티는 것만으로도 힘들었다.

그 때문에 주변의 환경이 어떤지는 인식조차 못하고 있었다.

아무것도 없는 적막한 사막이지만 이 주변은 철통같이 지켜지고 있었다.

멀리서 선우예극은 걱정 어린 눈으로 자신의 손자를 바라보았다.

그의 얼굴은 어느새 더욱 늙어 있었다. 암천의 정수가 빠져나간 탓이다.

"나는 가장 힘이 넘칠 때조차 암천의 힘을 고작 삼 할 사용하는 게 전부였다. 평이 너라면 능히 칠 할을 넘어서는 힘을 사용할 수 있을 게다. 부디 시련을 이겨내고 암천을 손에 넣거라."

그의 걱정 속에는 손자를 향한 기대와 열망 또한 가득했다.

그렇게 또 하루가 지나가고 있었다.

"뭐지, 대체 이건?"

북궁휘용은 수련을 하면 할수록 의문이 생겼다.

북궁패명의 안배로 인한 그의 모든 심득은 여전히 머릿속에서 생생했다.

하지만 쉬이 믿을 수 없었다.

자신이 사부에게 배운 천선과는 너무도 달랐다.

천선.

하늘의 선.

그 명칭 그대로의 무공이라 생각했다.

그러나 북궁패명의 천선은 달랐다. 너무나 패도적이었고, 피 냄새가 짙었다.

"이건 마치 전설로 전해지는 암천이라고 하는 게 더 어울릴 지도……."

북궁 황가의 핏줄이었기에 오래전 존재했던 선우 황가에 대한 이야기 또한 알고 있었다.

천선에 무너진 암천.

이제는 사라진 먼 옛날의 황가.

북궁휘용이 본 것은 선조들이 남긴 승자의 기록이었다. 그곳에서 설명하는 암천의 특성들이 지금 익히는 천선에서도 느껴졌다.

하지만 북궁휘용의 성취는 이제 고작 사 성을 이룬 상태였다. 무공의 특성을 고민하기보다는 성취를 올릴 때였다.

북궁휘용은 고민은 접어두고 다시 수련에 매진했다.

그 괴물을 잡으려면 반드시 이곳에서 천선을 대성해야 했다.

단리유화는 복잡한 얼굴로 뒤를 돌아보았다.

그곳에는 그녀의 평생을 보낸 곳의 웅장한 문이 자리하고 있었다.

처음 저 문을 보았을 때가 떠올랐다.

그때는 세상에서 가장 웅장하고 위대해 보였던 문이다.

여전히 당시의 위용 어린 모습 그대로였지만 이제는 더 이상 위대해 보이지 않았다. 오히려 초라하기 그지없는 모습이었다.

숭무련이라는 세 글자는 그녀에게 아무런 감흥도 주지 못했다.

영호진평의 실패 이후 숭무련은 다시 한 번 자중지란에 휩싸였다.

그리고 내려진 결론은 당분간은 추이를 관망하자는 것이다.

그 결론이 내려지기까지의 과정이 단리유화에게 더없이 큰 실망을 안겼다.

이제는 아무런 미련도 없었다.

선문강 때문에 타의로 떠날 때는 그렇게 미련이 남고 억울했건만.

자의로 떠나는 지금은 아무런 미련도 감정도 없었다. 그때 왜 그렇게 숭무련으로 돌아오기 위해 절치부심했는지 지금 생각하면 알 수가 없을 정도였다.

단리유화는 다시 고개를 돌렸다.

"이제 어디로 가지?"

문득 하늘을 올려다보며 중얼거렸다. 날이 차가워지는 만큼 하늘은 더욱 푸르렀다.

홍원은 다시 자갈타 항으로 방향을 잡았다.

이곳에서의 일은 모두 끝났으니 다른 곳으로 가볼 참이다.

의도치 않게 살기를 완전히 해결하게 되어 마음이 가벼웠다.

자갈타 항 근처의 마을에서 하루 묵기 위해 들렀을 때, 홍원은 익숙한 뒷모습을 발견했다.

마침 그가 뒤를 돌아보며 홍원과 눈이 딱 마주쳤다.

"형님!"

영석이었다.

그는 홍원을 발견하자마자 반가움 가득한 얼굴로 단번에 달려왔다.

그리고 손을 덥석 잡았다.

"말씀도 없이 어디로 그렇게 훌쩍 떠나셨습니까?"

그의 얼굴에는 걱정만 있었을 뿐, 홀로 떠난 홍원에 대한 원망은 없었다.

"개인적인 볼일이라……."

홍원은 끝말을 흐렸다. 그런 홍원의 대답에 영석은 고개를 주억거렸다.

"아직 식사 안 하셨지요? 어서 가시지요. 이 마을에 제법 괜찮은 식당이 있습니다."

영석이 홍원의 손을 끌고 앞장섰다.

홍원은 그저 영석에게 끌려갔다. 이상하게 이 친구에게는 항상 이런 식으로 휘말려 버리는 것 같았다.

두 사람이 들어간 식당은 역시나 키라를 전문적으로 하는 식당이었다.

홍원이 능숙하게 주문하는 것을 본 영석이 놀란 얼굴을 했다.

"형님, 대단하시네요. 천화국 말 몇 마디 가르쳐 드린 것뿐인데 이렇게 잘 사용하시다니요."

"웅? 혼자서 익혀 버린 네가 할 말은 아닌데?"

잠시 그런 이야기를 나누는 사이에 음식이 나왔다.

"그런데 그거 어떤 건지는 알고 주문하신 거죠?"

한참 딴 이야기를 하던 영석은 음식이 도착하고서야 생각났다는 듯 걱정스러운 얼굴로 물었다.

"웅? 알지. 내가 먹어본 키라 중 가장 좋아하는 거야."

"그건 육두구가 잔뜩 들어간 거라 중원인은 못 먹어요. 이곳 사람들은 육두구의 독에 내성이 있는지, 독성을 제거하지 않고 먹더라구요."

영석은 육두구의 독에 대해서 잘 알고 있었다.

"알고 있어. 그보다 알고 있을 줄은 몰랐네."

"육두구는 중원에서도 귀하게 다루는 향신료라고요. 서희상단 주력 상품 중의 하나고요. 서희상단에서는 독성을 제거하고 유통시키고 있지요."

영석의 말에 홍원은 고개를 끄덕였다. 자신은 약재로만 알고 있었는데, 중원에서도 향신료로 사용하고 있었다니.

더군다나 그 독성을 제거하는 작업을 친구의 상단이 하고 있었다.

'너무 관심이 없었나?'

상로에 관한 도움만 주고 그에 관한 이야기만 나눴었다. 게다가 품목이 향신료라는 것만 알았다.

홍원 자신은 장사에는 문외한이니 그 정도만 알면 충분하다 생각하고 관심을 두지 않았다. 친구에게 너무 무관심했나 하는 생각이 들었다.

아니, 어쩌면 종현이 자랑스레 이야기를 했는데 자신이 흘려 들었을지도 모르는 일이다.

"서희상단 일을 어찌 그리 잘 알아?"

"향신료를 취급하는 방법을 알아보려고 천화국까지 왔는데 중원에서 어떻게 유통되는지 조사하는 건 기본이죠."

영석은 밥과 키라를 푹 떠 넣고 우물우물 씹으며 답했다. 너무나 당연한 말에 홍원은 할 말이 없었다.

홍원도 키라를 먹었다. 영석은 묘한 얼굴로 그런 홍원을 보았다.

"정말 괜찮으세요?"

홍원은 고개를 끄덕였다.

"그거 저도 호기심에 한번 먹어봤는데, 엄청 고생했거든요. 역시 무림인이시라 다른 건가?"

영석은 연신 신기하다는 얼굴로 중얼거렸다.

"키라에 육두구 독성이 있다는 걸 알고도 먹어봤다고?"

홍원이 어이없다는 얼굴로 영석을 바라보았다. 몸속에 들어왔을 때 느껴지는 독성으로 보아 보통 사람은 제법 고생을 할 터였다.

그걸 모르고 먹은 것도 아니고, 알고서도 호기심에 먹어보다니 여러모로 종잡을 수 없는 이였다.

"그보다 형님은 앞으로 어떻게 하실 예정이십니까?"

영석은 얼른 화제를 돌렸다. 그 일은 자신이 생각해도 부끄럽고 무모한 일이었다.

"글쎄, 이제 중원으로 가야지. 이곳에서의 일은 끝났으니까."

그 말을 들은 영석의 두 눈은 반짝반짝 빛나고 있었다.

"중원에서 특별한 일이 있으신가요?"

그 물음에 홍원은 고개를 저었다.

"아니야. 지금은 유람 중이라. 그냥 발길 가는 대로, 마음 가는 대로 움직이는 중이야."

홍원의 대답에 영석의 눈빛은 흡사 강기라도 뿜어낼 정도로 빛났다.

"형님!"

영석은 숟가락을 놓고는 홍원의 손을 덥석 잡았다.

"왜 이래?"

갑작스러운 영석의 행동에 홍원은 깜짝 놀랐다.

"그러시면 중원으로 향하는 길에 저랑 같이 유람 한번 하시지 않겠습니까? 풍광이 끝내주는 곳을 알고 있습니다."

"향신료 시장 조사는 어쩌고?"

홍원의 물음에 영석은 절레절레 고개를 저었다.

"포기했습니다. 답이 없어요. 아무리 자갈타에서 향신료를 더 싸게 구입한다고 해도 운송비를 감당할 수가 없어요. 사막을 건너서 중원으로 가지고 가서는 서희상단과 경쟁이 안 돼요."

영석은 한숨을 쉬며 절레절레 고개를 저었다.

"해로를 뚫은 것도 아니고 대체 무슨 수를 쓴 건지……."

해로를 통해 천화국의 향신료를 수입하려는 시도를 한 상단이 없는 것은 아니었다.

하지만 그 누구도 성공하지 못했다.

죽음의 해역이라 이름 붙은 바다에서 모두 침몰한 것이다.

그 사실을 잘 알고 있는 영석은 절대 해로는 아니라고 확신하고 있었다.

홍원은 그 방법을 알고 있지만 군이 알려줄 이유는 없었다.

"중원으로 향하는 길에 풍광이 끝내주는 곳이 있다고? 사막밖에 없을 텐데?"

홍원으로서는 그 사막을 가로지른 적이 없었기에 새로운 경험이 될 수도 있었다. 하지만 사막의 풍경이 과연 끝내주는 풍광이라 할 수 있을까?

홍원의 물음에 영석은 머리를 흔들었다.

"사막이 아닙니다."

빠른 대답이다.

하지만 홍원이 알기로 사막 말고는 없었다. 곰곰이 생각하던 홍원의 머리에 설마 하는 생각이 들었다.

"향산을 말하는 거냐?"

홍원의 물음에 영석은 씨익 웃음 지었다.

"천화국의 특산품은 두 가지가 있습니다."

영석은 손가락을 두 개 펴 보이며 말했다.

"사실 특산품이라는 것은 훨씬 더 많지만 중원에서 가치가 있는 것은 두 가지죠. 그중 하나가 향신료이고……."

"다른 하나는 묵철이지."

홍원의 말에 영석은 고개를 주억거렸다.

"정확히는 철광석입니다. 묵철이 유명해서 그렇지 천화국의 철광석은 아주 질이 좋고 묵철만이 아닌 다른 희귀 철광석도 있습니다. 그중 중원으로 들어오는 것이 주로 묵철인 것이지요."

영석의 만면에는 웃음이 가득했다.

"그런데 제가 아무리 천화국을 돌아다녀 봐도 광산이라는 곳을 볼 수가 없었습니다. 물론 광산의 위치는 극비이기는 하지만 그래도 광부나 그에 관련된 사람 하나둘 정도는 볼 법도 하잖습니까? 그런데 하나도 없었어요."

그 말에 홍원은 고개를 끄덕였다.

"그렇지. 묵철의 산지는 향산 서면이니까."

"그렇죠. 묵철만 난다고 알려졌죠. 하지만 저는 천화국을 둘러보고 확신했습니다. 천화국에 유통되는 철광석 대부분, 아니, 전부가 서면에서 난다고요."

영석의 얼굴은 확신에 차 있었다.

"그래서?"

"지금은 천화국의 상인들이 서면의 부족과 거래를 해서 철광석을 가지고 오면 중원의 상인들이 그들로부터 철광석을 사지요."

"직접 서면으로 가서 거래를 하겠다?"

홍원은 영석의 의도를 알 수 있었다.

철광석의 유통 과정 중 천화국이라는 중간 단계를 없애겠다는 것이다. 그리고 그만큼의 이문을 자신이 챙기는 것이다.

"천화국을 돌아다니면서 귀한 철을 많이 봤어요. 그런데 중원으로 들어오는 것은 묵철뿐이죠. 다른 철들은 공급이 천화국에도 겨우 될 정도로 적은 거예요. 그런 희귀한 철을 중원으로 가지고 가면 그 이문은 상상도 할 수 없을 겁니다."

영석은 꿈에 부풀어 있었다.

"그런데 나는 왜?"

홍원이 물었다.

지금 영석은 홍원과 함께 서면으로 향하려고 이렇게 긴 밑밥을 깔고 있었다.

"향산이잖아요."

짧은 대답이지만 많은 뜻을 내포하고 있었다.

천화국에서 향산을 어떻게 생각하는지는 몰라도, 중원인에게 있어 향산은 공포와 경외와 신비의 대상이었다.

그것은 모두 북면과 남면 때문이었다.

"결국 호위가 필요하다는 거네?"

홍원의 물음에 영석은 어색한 얼굴로 웃었다.

"하. 하. 하……."

노골적이긴 했지만 그래도 홍원이 직설적으로 물으니 어색한 웃음만 나왔다.

"그, 그래도 말입니다, 형님. 그곳은 질 좋은 희귀 철광석도 나는 곳이에요. 혹시라도 압니까? 좋은 병기를 만들 철을 구할지도요."

영석은 무인의 가장 근원적인 욕망을 건드렸다.

훌륭한 무공과 무기. 그것은 모든 무인들의 욕망의 대상이었다.

"흐음."

홍원은 은근한 눈으로 영석을 바라보았다. 영석은 식은땀을 삐질삐질 흘리고 있었다.

절대 키라 때문에 흐르는 땀은 아니었다.

"호위가 필요한데 너무 은근슬쩍 넘어가려는 것 같은데? 상인답지 않은 모습이야……."

홍원의 말에 영석이 흘리는 땀은 더욱 많아졌다.

"그게… 저, 아직은 청운의 꿈만 안고 경험을 쌓고 있는 중이라서요……."

그 말에 홍원은 피식 웃었다.

"외상도 받아주지."

"끄응."

그 말에 영석은 신음을 흘렸다.

빚이라는 것은 함부로 지는 게 아니다. 나중에 어떤 위험한 칼이 되어 자신에게 돌아올지도 모르는 일 아닌가.

홍원은 그런 영석을 내버려 두고 식사를 마저 했다.

그사이 음식이 식었지만 식은 대로 맛이 있었다. 영석은 이러지도 못하고 저러지도 못하고 고민에 빠져 있었다.

그의 앞에 남은 음식은 그대로 덩그러니 있었다.

"아, 알겠습니다! 외상으로 하지요!"

이윽고 결심을 한 듯 영석이 외쳤다.

아무리 생각해도 향산은 혼자 들어갈 곳이 아니었다.

홍원이 어느 정도의 실력을 가졌는지 알 수 없지만 홀로 이곳까지 온 모습을 보고 도박을 걸어보기로 했다.

'육두구의 독에 아무런 영향도 없을 정도면… 그래도 강하겠지.'

그런 내심도 있었다.

자신이 육두구의 독성에 호되게 당해봤기에 더욱 그런 생각을 가졌다.

"좋아."

어느새 식사를 마친 홍원은 차를 마시며 고개를 끄덕였다.

그렇게 두 사람은 함께 향산 서면으로 향하기로 했다.

사실 홍원 역시 영석의 말에 흥미가 동했다.

향산의 동, 남, 북면은 가보았으나 서면은 가보지 못했다. 남면에서 천화국으로 들어가는 길목으로 서면을 지나가기는 했었다.

하지만 그곳은 진정한 의미의 서면은 아니었다.

두하족이라고 알려져 있는 서면의 부족은 서면에서도 북쪽에 자리하고 있었다. 그곳에 광산이 많았기 때문이다.

두하족은 광산이 없는 곳은 굳이 영역으로 삼지 않았다. 그래서 남면을 통과한 이후는 아무런 어려움 없이 서면을 지나 천화국에 이를 수 있었다.

'두하족이라……'

목이문의 광이족을 만나보았다. 두하족이라 알려진 이들은 과연 어떤 이들일지 궁금했다.

더군다나 흑운 역시 그곳의 묵철을 사용하지 않았던가.

홍원의 호기심이 동하지 않을 수 없었다. 다만 그렇다고 흔쾌히 허락하지는 않았다.

영석도 상인이라 하니 계산은 정확해야 하지 않겠는가.

친화국 말을 가르쳐 준 도움이 없었다면 사실 그조차 하지 않았을지도 모른다.

홍원을 형님이라 부르고 따른다 할지라도 영석은 자갈타 섬으로 향하는 배에서 처음 만난 사이였다.

엄밀히 따지면 그냥 남인 것이다.

영석의 초인적인 친화력 덕에 살갑게 대하고는 있지만 홍원에게 있어 아직 영석은 딱 그 정도의 사이였다.

두 사람은 그 마을에서 하룻밤 묵고 다음 날 자갈타 항으로 향했다.

하루 정도 거리였기에 하늘이 어둑어둑해져서야 자갈타 항에 들어설 수 있었다.

숙소를 잡고 영석이 지필묵을 구해왔다.

그리고 차용증을 즉석에서 작성했다. 서면으로의 호위에 대한 계약서 겸 차용증이었다.

금액란만 비워놓은 문서가 금세 완성됐다.

홍원은 꼼꼼히 내용을 읽었다. 어디 하나 흠 잡을 곳 없는 공정한 문서였다.

'역시 재능이 넘치는 친구야.'

영석의 상인으로서의 재능을 인정할 수밖에 없었다. 이 친구가 경험과 공부를 끝마치고 상인으로서 자리를 잡는다면 대단한 상단이 하나 탄생할 것 같았다.

"응?"

홍원의 시선이 문서 말미에서 멈췄다.

청라상단(青羅商團) 단주 정영석.

"청라상단? 상단을 가지고 있었던가?"

홍원의 물음에 영석은 손을 내저었다.

"미래에 제가 세울 상단이지요."

그 말에 홍원은 피식 웃었다. 명확한 목표까지 가지고 있으니 꼭 성공할 것 같았다.

홍원은 그곳에 자신의 이름을 쓰고 수결을 넣었다.

"응?"

그때 영석의 표정이 변했다. 자신이 알고 있는 것과는 다른 이름이 쓰인 것이다.

장홍원.

석 자의 이름이다.

"장 형님이셨습니까?"

지금까지 영석은 홍원을 홍 씨 성에 이름이 원이라 생각하고 있었다. 그래서 홍 형님이라 불렀고, 홍원 또한 어찌 부르든 상관없었기에 굳이 그것을 수정해 주지 않았었다.

그러나 문서를 작성한다면 달랐다.

서로의 신용이 걸린 일이니.

"그렇지."

"그런데 왜 지금까지는 아무 말씀 없으셨습니까?"

"이름이 뭐가 중요하다고."

"그러면 지금은요?"

홍원의 대답에 영석이 다시 물었다.

"이건 계약이잖아."

그 말에 영석은 고개를 끄덕일 수밖에 없었다.

이제 비어 있는 곳은 정말 금액란밖에 없었다. 금액을 쓰고, 영석이 수결까지 마치면 계약은 체결되었다.

홍원은 망설이지 않고 그곳을 채워 넣었다.

금 오백 냥.

홍원은 그래도 생각해서 저렴한 금액을 적어 넣었다. 홍원의 명성과 무위를 생각한다면 헐값도 그런 헐값이 없었다. 그러나 영석은 입을 쩍 벌린 채 홍원을 바라보고 있었다.

"금 오, 오백 냥이요?"

영석의 목소리가 떨렸다. 홍원은 태연한 얼굴로 고개를 끄덕였다.

이건 과해도 너무 과한 금액이었다.

홍원도 그런 영석의 반응을 이해했다. 당연한 반응이다. 이름 없는 무인을 고용하는 데 금 오백 냥이라니, 말도 안 되는 비용이었다.

"중원을 떠난 지 얼마나 되었지?"

홍원이 영석에게 물었다. 사막을 건너 천화국 곳곳을 돌아다녔으니 제법 오래되었을 것이다.

"이제 일 년하고도 다섯 달쯤 되었네요."

과연 상당한 시일을 떠나 있었다.

그러니 저런 반응을 보이는 것이다. 아직 홍원의 명성은 중원에서만 떠돌 뿐, 천화국까지 전해지지 않았다.

홍원의 명성이 금세 전해지기에는 사막 길은 너무나 험난하고 멀었다.

"결정은 네 몫이야."

홍원은 아무런 설명 없이 딱 그 말만 했다.

지금부터는 영석에게 있어서 도박이었다.

눈앞의 무인은 자신의 실력에 대해서는 일언반구도 없었다. 저 정도 금액을 썼다면 계약을 성사시키기 위해서라도 자신을 포장할 텐데.

"형님, 이 금액이 얼마나 큰돈인지는 아시죠?"

"물론이지."

영석의 물음에 홍원은 고개를 끄덕였다.

"형님은 이 정도의 금액에 합당한 실력을 지니신 겁니까?"

영석은 직접 물었다. 홍원이 이야기를 하지 않으니 그 수밖에 없었다.

그 물음에 홍원은 빙그레 웃었다.

"네가 판단해."

저런 무책임한 대답이라니.

정상적인 상인이라면 이런 계약은 절대 맺지 않을 것이다. 말도 안 되는 상황과 조건 아닌가.

영석에게 있어서 홍원은 남이었다. 그저 배에서 우연히 만난 중원인일 뿐이다.

그 특유의 친화력으로 형님이라 부르며 가깝게 지내지만 계약서 앞에서는 철저한 남이다.

그게 상인의 자세였다.

아닌 말로 그가 계약서만 들고 사라지면 어떻게 하란 말인가. 계약서 겸 차용증이었다.

그러면 그는 눈 뜨고 코 베이는 것이다.

상인으로서 영석의 감과 안목이 시험대에 올랐다.

영석은 한참을 계약서와 홍원을 번갈아 보았다. 홍원은 시종일관 여유 있는 얼굴로 있을 뿐이었다.

아직 시작도 안 하고 꿈으로만 있는 상단이다.

그런 상단이 벌써부터 금 오백 냥의 빚을 진다? 육두구 독에 멀쩡한 모습 하나만을 보고서?

그것도 자갈타 항에서 자신에게 아무런 말도 없이 사라졌던 사람을?

부정적인 생각이 마구 떠올랐다.

손이 살짝 떨렸다.

"에휴."

의미를 알 수 없는 한숨이 영석의 입에서 새어 나왔다.

그러고는 계약서에 수결을 했다.

영석은 두 눈을 질끈 감고는 홍원에게 계약서 중 한 장을 건넸다.

"부디 이게 미친 짓이 아니길 바랍니다."

영석의 목소리가 잘게 떨렸다. 홍원은 피식 웃으며 계약서를 기름 먹인 봉투에 넣어 잘 갈무리했다.

'아주 훌륭한 투자일 거다.'

홍원은 그렇게 생각만 할 뿐, 입 밖으로 그 말을 내지 않았다.

그렇게 말한다고 한들, 혼란과 후회로 뒤범벅이 된 영석에게 조그만 위로도 되지 않을 테니까.

그렇게 밤을 보낸 두 사람은 날이 밝은 후 이타라 항으로 향하는 배에 올랐다.

마침 배가 있는 날짜가 맞아떨어진 덕분이다.

시원한 바닷바람에 기분이 좋았지만 영석의 얼굴은 여전히 딱딱하게 굳어 있었다.

그로서는 홀로 향산 서면에 들어가는 것이 두려웠고, 그렇다고 포기하고 싶지도 않았다.

그래서 지른 것이다.

미친 짓이 될지도 모를 계약서에 수결을 했다.

그러니 얼굴이 어두울 수밖에.

푸른 바다와 대조되는 그 어두운 얼굴이란.

홍원은 그런 영석에게 아무런 말도 하지 않았다. 서면에서 직접 보여주면 될 일이다.

그리고 중원으로 돌아가게 되면 알게 될 일이기도 하고.

이타라 항에 도착한 홍원과 영석은 빠르게 준비를 했다.

이제 이곳에서 동쪽을 향해 향산으로 들어가야 한다. 그곳에서는 노숙할 일이 많을 테니 준비를 철저히 해야 했다.

영석은 능숙하게 물품들을 챙겼다.

홍원은 그 모습을 가만히 지켜보았다.

얼추 준비를 마치고 이타라 항에서 숙소를 찾아 움직였다.

"집안이 여유가 있는 편인가?"

홍원이 뜬금없이 물었다.

"그저 평범한 집안입니다. 왜 그러시죠?"

"중원을 떠난 지 오랜 시간이 지났는데 금전적인 여유가 있는 것 같아서."

"아! 그것 말씀인가요? 경험 삼아 이것저것 사고팔고 했죠. 등짐장사라고 말씀드렸잖아요."

그러고 보니 배에서 들었다.

어디는 무엇이 특산물이고 어디는 무엇이 싸다고, 무수히 이야기를 했었다.

한데 그냥 조사만 한 것이 아니라 조금씩 가져다가 팔았던 모양이다.

"혼자 등짐으로 다니니 많은 양을 거래는 못 했지만 그래도 제법 불렸습니다."

영석이 씨익 웃었다.

천성이 상인이었다.

상인으로의 재능은 어쩌면 종현보다 훨씬 뛰어날지도 모르겠다는 생각이 들었다.

"대단하군."

홍원은 짤막하게 감상을 말했다.

"상인이라면 당연한 일이죠."

영석은 여전히 웃는 얼굴로 답했다.

자신의 상행에 대한 이야기를 하니 어느새 어두운 기색이 사라졌다.

그 모습에 홍원은 은근한 장난기가 동했다.

"그렇다면 이번에도 크게 한몫 남기겠군. 금 오백 냥은 아무 것도 아닐 것 같아."

그 말에 영석의 얼굴은 금세 어두워졌다.

"제발 그랬으면 좋겠어요. 상단 시작도 전에 그런 어마어마 한 빚이라니. 끔찍합니다."

두 사람의 대화가 끝날 때쯤 숙소로 삼을 건물 앞에 도착했다.

오늘 하루는 이곳에서 마지막 정비를 하고 내일은 동쪽으로 떠난다.

과연 향산 서면은 어떤 곳일까?

홍원은 기대가 가득했지만 영석은 불안이 가득했다.

두 사람은 상반된 감정으로 내일을 준비했다. 숙소에 짐을 둔 영석은 밖으로 나갔다.

아마도 철광석에 대해 조금 더 알아보려는 것 같았다.

이타라 항은 향신료의 집산지로 유명한 곳이지만 철광석 또 한 제법 거래가 되는 곳이었다.

자갈타 섬으로 보내기 위한 것이다.

홍원은 그런 영석의 뒷모습을 잠시 본 후 명상에 들었다.

향산 서면.

지금까지 한 번도 가보지 못했다.

북면과 남면에서 각기 소중한 인연이 있었기에 서면은 어떠
할지 기대가 되었다.

'언젠가는 중심으로 들어가게 될지도 모르겠군.'

문득 그런 강렬한 예감이 들었다.

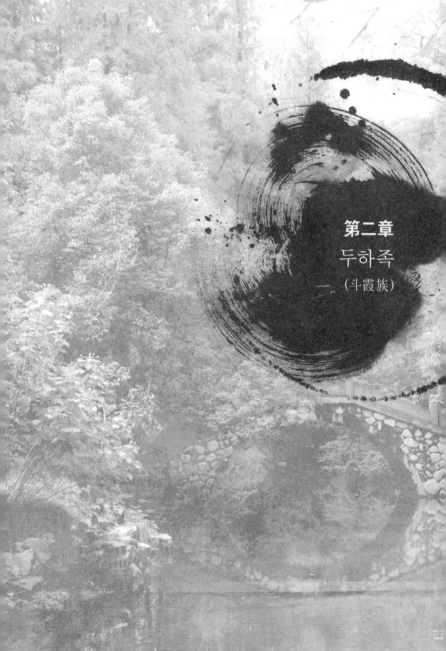

第二章
두하족
(斗霞族)

　날이 많이 추워졌다.

　호, 하고 숨을 내쉬면 하얀 입김이 가끔씩 보일 정도의 날씨였다.

　홍원의 어머니, 주은려는 멍한 얼굴로 창밖을 바라보고 있었다.

　그곳에는 홍해가 신나서 묵린과 함께 뛰놀고 있었다. 모용혜도 함께였고, 한쪽 너른 자리에서는 홍산이 책을 읽고 있었다.

　너무나 평화롭고 행복한 풍경이다.

　주은려 자신의 삶에 언제 이래본 적이 있었을까. 남편이 죽은 이후로는 처음인 것 같았다.

　이게 전부 홍원 덕이었다.

큰아들이 아니었다면 어찌 자신 같은 촌부가 이런 대단한 곳에 귀빈 대접을 받으며 머물 수 있겠는가.

어찌 저 아이들이 이곳의 지체 높은 아이와 허물없이 저리 친한 친구가 될 수 있었을까.

다시 한 번 어르신께 감사한 마음이 들었다.

그날, 어르신이 홍원을 데리고 가 이렇게 훌륭히 키워주시지 않았다면 다 불가능한 일이었으리라.

그런데도 주은려의 눈빛은 멍했다.

분명 행복이 가득한 상황인데도 그녀의 얼굴에는 표정이 없었다. 그저 멍하니 아이들을 바라볼 뿐이었다.

불과 십수 일 전만 하더라도 그녀는 같은 풍경을 미소 띤 얼굴로 지켜봤었다.

한참 책을 보던 홍산이 고개를 들어 어머니를 바라보았다.

어머니와 눈이 마주쳤는데도 아무 반응이 없으셨다.

"후우."

홍산은 나지막이 한숨을 내쉬었다.

벌써 사흘째 저러고 계셨다. 사흘 전 저런 어머니의 모습을 우연히 발견한 이후, 틈이 날 때면 그 모습을 관찰하는데 변화가 없었다.

오히려 저리 계시는 정도가 더 심해지는 것 같았다.

"나 잠깐 어디 좀 다녀올게."

홍산이 짤막한 말을 남기고 자리를 떴다. 홍해도, 모용혜도 그런 홍산에게 신경 쓰지 않았다.

어차피 경천회 내이니 위험할 일도 없을 것이기 때문이다.

홍산이 향한 곳은 심온의 집무실이었다.

아직 어린 그로서는 어머니의 그런 상태가 어떤지 모르니, 스승에게 조언을 구하기 위해 찾아온 것이다.

심온은 정신없이 바빴다.

그럼에도 홍산이 찾아왔다는 말에 시급한 일을 빨리 처리하고 잠깐의 짬을 내었다.

홍산은 요 사흘간 자신이 관찰한 어머니의 모습에 대한 이야기를 천천히 풀어놓았다.

심온은 차를 마시며 홍산의 말에 집중했다.

홍산은 도통 모르겠다는 얼굴이었다. 세상 가장 어려운 난제를 만난 사람 같았다.

그러나 심온은 아니었다. 그저 고개를 끄덕이며 알겠다는 표정을 지었다.

"스승님, 어머니는 대체 왜 그러시는 걸까요?"

무척이나 답답한 듯했다.

홍산의 물음에 심온은 다시 한 번 찻물을 한 모금 삼켰다. 그리고 자신의 제자를 바라보았다.

보면 볼수록 영특하고 바른 아이였다.

'하지만 아직 어리니 모를 수밖에.'

심온은 이야기를 듣자마자 그 이유를 알았으나, 홍산은 도통 알 수 없다는 얼굴이었다. 아직 아이라 그런 것이다.

세상 모든 것이 새롭고, 흥미롭고, 신기한 시기.

계속해서 앞으로만 나아가려 할 뿐, 뒤를 돌아보지 않을 때였다.

하지만 심온 정도의 나이만 되어도 다르다.

앞을 보되, 뒤로 그리운 때인 것이다.

홍산의 어머니도 분명 그런 것이리라. 아직 홍산을 더 곁에 두고 싶었으나 이제는 보내줘야 할 때가 된 것 같았다.

효심이 깊은 홍산이 어머니의 상태에 대해 알게 된다면 떠날 것이니.

"산아."

"네."

잠시의 침묵 뒤 심온의 부름에 홍산은 즉각 대답했다. 그 눈에는 간절함이 가득했다.

"아무래도 어머니께서는 향수병에 빠지신 것 같구나."

"향수병이요?"

의외의 말에 홍산은 고개를 갸웃거렸다.

그것이 무엇인지는 알고 있었다. 보고, 듣고, 배웠으니까.

하지만 겪지를 못했기에 쉽게 이해하지 못했다.

"아직 어리고 젊은 너희는 세상 모든 것에 호기심이 가득할 때다. 그러니 번화한 이곳에서 새로운 문물을 접하느라 고향 생각이 나지 않겠지. 하지만 어머니는 다르시단다."

심온의 말에 홍산은 나직이 고개를 끄덕였다.

짧은 설명이었지만 이해가 된 것이다.

"이제 돌아갈 때인가 보군요."

홍산의 말에 심온은 고개를 끄덕였다.

"회주님께 말씀드려서 귀향하는 데 한 점 불편함이 없도록 해주마."

"감사합니다."

그렇게 홍산 가족의 귀향이 결정되었다.

중원은 이제 차가운 공기가 가득하지만 천화국은 달랐다.

더운 공기가 조금 식은 정도의 선선한 날씨였다. 딱 지내기 좋은 날씨였다.

"중원은 이제 곧 겨울이겠네요."

영석의 말에 홍원은 문득 집이 생각났다.

지난여름 빙고를 만들겠다며 땅을 팠다가 발견한 온천이 떠올랐다.

차가운 공기를 맞으며 그 온천에 몸을 담그면 얼마나 기분이 좋을까, 그런 생각이 들었다.

"그렇지."

"천화국은 참 살기 좋은 곳 같아요. 추운 겨울이 없다니."

영석은 유독 추위를 많이 타는 듯했다.

"겨울에는 겨울 나름의 운치가 있는 거야."

홍원의 말을 이해할 수 없다는 얼굴로 영석이 고개를 저었다.

그렇게 걸음을 옮기다 보니 어느새 향산의 웅장한 모습이 보이기 시작했다.

이타라 항을 떠나고도 한참 시일이 지난 후였다.

중간중간 마을에 들러 필요한 물품들을 지속적으로 보급했다.

덕분에 홍원도 커다란 등짐을 지고 있었다. 영석이 지고 있는 것의 세 배 정도 되는 크기였으나 힘든 기색은 하나도 없었다.

당연한 일이다.

영석은 그런 홍원의 모습을 보고 내심 자신이 어쩌면 도박을 잘한 것인지도 모르겠다는 생각을 했다.

보통 상인인 영석으로서는 무인의 능력을 가늠할 방법이 없었으니 그것만으로도 홍원이 무척이나 대단해 보였다.

자신은 이곳까지 오는 동안 정말 죽을 고생을 했는데 홍원은 저 큰 짐을 지고도 땀 한 방울 흘리지 않으니.

하지만 도박은 오히려 다른 곳에서 실패한 것인지도 모르겠다는 생각이 들었다.

이타라 항에서의 시장 조사 결과 때문이다.

그 생각을 떠올리니 영석의 얼굴에 그늘이 드리워졌다. 홍원은 금세 그 기색을 읽었다.

"이타라 항에서의 일 때문에 그러는 거냐?"

"네, 형님. 후우."

한숨이 절로 나왔다.

"아무래도 전 상인으로서 실격인 것 같습니다."

"그런 것 같긴 하다."

홍원이 너무 쉽게 그의 말에 수긍하자 영석의 표정이 기괴하게 일그러졌다. 지금 영석에게 필요한 것은 인정이 아니라 위로였다.

"형님……."

영석의 입에서 힘 빠진 소리가 새어 나왔다.

"두 달 전의 상황으로 성급히 나랑 계약한 것은 분명 상인 자질이 없는 거지. 항상 시장 상황을 면밀히 파악해야 하는데 말이야."

"형님은 무인이시면서 어찌 그리 적나라한 말로 제 가슴을 후벼 파십니까? 상인들이나 할 법한 이야기를요."

"내 친구한테 들은 거야."

주막에서 막걸리를 마실 때면 늘 종현이 하는 말이었다.

정보가 가장 중요하니 항시 최신의 정보를 수집하는 일을 게을리하면 안 된다고.

그 점에서 영석은 실격이었다.

홍원과 계약을 먼저 한 후, 천화국의 철광석 상황을 알아보지 않았던가.

물론 수십 년 동안 일정하게 유지되던 시장이 요 두 달 사이 갑자기 그렇게 변할 거라 누가 예상이나 했을까.

"설마… 향산의 철광석 공급이 끊긴 지 벌써 두 달이 다 되어갈 줄은 상상도 못 했습니다."

"그렇지. 나도 놀랐으니까."

홍원이 고개를 끄덕였다.

일 년이 흐르면서 천화국도 제법 곤란한 상황에 빠져들고 있었다. 미리 확보한 철광석 재고가 거의 바닥난 것이다.

천화국에 철광산이 없는 건 아니지만 최고 품질의 철광석을 구하지 못하는 것은 상당한 어려움이었다.

"천화국 상인들도 그 원인을 모른다고 하니… 답답하네요."

영석은 하루에 두 번은 저러면서 향산으로 향하고 있었다.

이미 홍원과는 계약을 했다.

그러니 죽이 되든 밥이 되든 향산으로 향하는 것이다. 요 두 달 사이의 갑작스러운 변화가 무엇 때문인지 알아볼 겸도 해서.

하지만 향산이 가까워질수록 우울한 생각만 늘어갔다.

꾸준히 서면의 두하족과 거래를 해오던 천화국의 상인들도 모르는 것을 어찌 자신이 알아낼 수 있을까.

그럼에도 홍원이 가자고 했기에 가는 것이다.

가든, 안 가든 지불해야 할 빚이다. 그러면 어쨌든 가보는 것이 낫지 않냐는 말에 설득되었다.

근처에서 노숙을 한 다음 날, 두 사람은 향산 서면의 초입에 들어섰다.

홍원은 그곳에서 남쪽으로 시선을 두었다.

남면을 거쳐 자신이 이곳으로 왔던 길이다. 이번에는 그 반대쪽으로 갈 것이다.

홍원이 앞장섰다.

북동쪽을 향해 천천히 움직였다.

천화국의 상인들이 다닌 듯한 길이 있었기에 어렵게 길을 찾지 않아도 되었다.

"허리 펴. 그렇게 축 쳐져서 등짐 지고 걷다가는 허리 다친다."

홍원의 말에 영석은 깜짝 놀랐다.

뒤통수에도 눈이 달린 것일까. 앞서 걸으며 어찌 자신의 상황을 아는 것일까?

가끔씩 보여주는 저런 모습은 영석으로 하여금 홍원의 몸값이 결코 비싼 것이 아닐지도 모른다는 생각을 하게 했다.

하나 그러면 뭐 하는가.

안 가도 될 곳을 가고 있는지도 모르는데.

설마 철광석의 공급이 끊겼을 줄이야.

서면에 무슨 일이 생긴 것일까?

그런 생각은 서면과의 거래를 하고 있는 상인들이 할 일이었다.

영석 자신은 아직 어떤 장사를 할지 정하지도 않은 채, 세상을 공부하는 중이 아니던가.

"이것도 공부다. 세상 공부 한다고 하지 않았어?"

다시금 들려온 홍원의 말.

"그렇죠. 그런데 수업료가 너무 비싸네요."

돌아온 대답에 홍원은 피식 웃었다.

"애초에 서면으로 한밑천 잡으러 가는 것도 아니잖아?"

"그래도 중원으로 무역로를 하나 개척해 볼까 하는 생각은 있었지요. 그렇지 않았다면 어찌 그리 큰 계약을 했을까요."

영석은 의기소침해서는 그 배포가 너무나 작아져 있었다.

홍원이 처음 판단했던 그의 모습과는 너무 달랐다.

"큰 상인에게 그 정도는 작은 계약이지. 크게 봐. 그래야 큰 사람이 된다."

맞는 말이다.

영석도 잘 알고 있었다. 하지만 눈앞에 닥친 첫 실패에 그는 점점 이성적인 판단을 못 하고 있었다.

그것도 큰 실패였다.

영석이 혼돈과 공포에 빠지는 것도 어찌 보면 이해할 수 있는 일이었다.

하지만 홍원은 이해하지 못했다.

홍원은 종현의 모습을 보았기 때문이다.

영석과는 비교도 할 수 없는 큰 실패였다. 게다가 영석은 혼자였지만 당시 종현은 수많은 식솔이 있었다.

그럼에도 종현은 의연했고, 어떻게든 수습하려 했다.

종현도 당장의 상단은 포기했었지만 후일을 포기하지는 않았다.

그러나 영석은 이미 자신의 미래마저 없는 듯하지 않은가.

"정신 차려라. 이제 고작 두 달 사이의 일이야. 수십 년 동안 아무 이상이 없는 게 오히려 이상했던 거야. 이번 일을 잘 해결하면 오히려 큰 기회일지도 모른다. 위기 뒤에 기회가 오는 거야."

"네……."

기계적으로 대답하는 영석의 목소리에는 힘이 없었다.

"멈추면 실패지만 멈추지 않는 한 일은 계속 진행되는 거다. 계속 이런 식이면 난 그냥 돌아가련다."

홍원의 말에 영석이 멈칫했다.

이곳에서 돌아간다면 그건 계약 파기가 된다.

그렇다면 영석은 금 오백 냥이라는 막대한 빚을 지지 않아도 된다.

하지만 과연 그게 자신이 바라는 것일까?

첫 계약을 파기라는 형태로 무산시키고, 빚을 지지 않음에 안도하는 것이 옳은 것일까?

아니다.

영석의 꿈은 더 거대했다.

그 거대한 시작을 이리도 찌질하고 초라하게 할 수는 없었다.

실패를 하더라도 커다란 실패를 하고 극복해야지, 이런 찌질한 모습이라면 앞으로 어떤 장사를 시도해도 제대로 안 될 것 같다는 생각이 들었다.

"알겠습니다, 형님. 죽이 되든 밥이 되든 힘내서 가지요. 그까짓 오백 냥, 제가 어떻게든 벌 수 있습니다!"

영석의 목소리에 다시금 힘이 들어갔다.

그 목소리에 피식 웃은 홍원은 고개를 끄덕이고는 걸음에 힘을 주었다.

그렇게 한나절을 걸었다.

점점 더 길이 험해지고 있었다.

"헉헉헉……."

영석의 숨이 무척이나 거칠어져 있었다.

많은 사람이 다녀 산속으로 길이 잘 만들어져 있었지만 그래도 산길이 아니던가.

등짐을 지고 오르는 영석으로서는 보통 힘든 일이 아니었다.

그때 홍원이 멈췄다.

"응? 왜 그러시죠?"

홍원이 한 곳을 바라보며 말했다.

"대충 도착한 거 같다."

그 말에 영석이 주변을 둘러보았지만 아무것도 없었다.

"네?"

영석이 고개를 갸웃거리는 그때.

부스럭거리는 소리와 함께 나무를 헤치고 사람들이 나타났다.

자그마한 공터 같은 곳에 금세 사람들이 자리했다.

대략 오 척(약 1.5m)에서 오 척 삼 촌(약 1.6m) 정도의 키를 가진 이들이었다. 온몸은 단단한 근육으로 가득했다.

"돌아가시오. 당분간 거래는 없소."

그들의 입에서 천화국의 말이 나왔다. 주로 천화국 상인들과 거래했으니, 당연한 일이다.

"저희는 이곳에 처음 찾아왔습니다만 무슨 말씀이신지요?"

영석이 막 입을 떼려는 찰나 홍원이 앞서 이야기를 꺼냈다. 물론 천화국 말이 아닌 중원 말이었다.

가장 앞서 나왔던 이는 중원의 언어를 알지 못하는지 고개를 갸웃거렸다.

그때 뒤쪽에 서 있던 다른 사람이 앞으로 나왔다. 머리가 하얗고 얼굴 여기저기 주름진 것이 이 자리에서 가장 나이가 많은 사람 같아 보였다.

"천화국이 아닌 중원에서 온 손님이었군."

그가 중원말을 아는 듯했다.

그는 딱 오 척 정도의 키를 가진 사내로 홍원과 영석을 막아선 일행 중 가장 작았다.

그래서 이제야 홍원의 얼굴을 제대로 본 듯했다.

무어라 말을 하려던 그는 말을 멈추고 유심히 홍원을 바라보았다. 마치 무언가를 떠올리는 듯했다.

"흐음……."

"무슨 일이신지요?"

연배가 있는 그의 심상치 않은 모습에 홍원이 다시 물었다.

"자네, 혹시 장 가인가?"

"네, 형님은 장 가가 맞습니다."

대답은 영석의 입에서 튀어나왔다. 그도 느낀 것이다. 이 사내가 나온 이후 무언의 기류가 변한 것을 말이다.

'어쩌면'이라는 생각이 드니 영석의 행동이 빨라졌다.

그는 영석이 아닌 홍원에게서 대답을 듣고 싶은 것인지 묵묵히 홍원을 바라보았다.

"맞습니다."

홍원이 고개를 끄덕이며 말했다.

"그럼 혹 무양이라는 사람을 아는가?"

어찌 모를 수 있는가.

'이곳까지도 오셨었군요.'

홍원은 아직도 아버지에 대해 모르는 게 많은 것 같았다.

"제 선친이십니다."

홍원의 대답에 그는 과연이라는 표정을 지으며 고개를 끄덕였다.

"역시. 자네 얼굴에서 그 친구의 얼굴이 보인다 했네."

두 사람의 대화를 유심히 듣고 있던 영석의 얼굴에 희망이 어렸다. 홍원이 이곳 사람들과 인연이 있는 듯하지 않은가.

"한데 선친이라니… 그럼 그 친구가……"

"네. 아홉 해 전에 귀천하셨습니다."

"허어……"

홍원의 대답에 그는 진심으로 안타까워했다.

그때 다른 두하족 몇이 웅성거리는 소리가 들렸다. 그들만의 언어가 따로 있는 듯 알아들을 수 없는 말이었다.

그제야 그는 자신이 너무 자신만의 생각에 빠져 있었다는 듯, 뒤를 돌아보며 외쳤다.

무슨 말인지 알 수 없었으나, 그 속에 무양이라는 말이 들어간 것으로 보아, 아버지의 이야기도 함께하는 듯했다.

사내의 말이 끝나자 두하족 사람들의 얼굴에 친근함이 어렸다. 아무래도 아버지는 목이문만이 아니라 이곳 두하족에게도 인연을 만들어둔 듯했다.

"자아, 모처럼 찾은 귀한 손님이니 예서 이럴 게 아니지. 어서 가세. 아, 난 검은돌 마을의 촌장인 타라호라고 하네."

길을 안내하며 자신의 소개를 하는 그의 말에 홍원도 마주 인사를 건넸다.

"저는 장홍원이라 합니다. 이쪽은 정영석이라 하고요."

"음, 반갑네. 어서 가세. 이곳은 우리가 천화국의 상인들을 만나는 곳이고 마을은 한참을 더 가야 한다네."

타라호의 안내에 홍원과 영석은 걸음을 옮겼다. 두하족의 사람들 중 한 사람만 함께 움직였고, 나머지 인물들은 그곳에 있었다.

아무래도 여기까지가 그들의 영역인 것 같았다.

산길을 한참 이동했다. 이곳부터는 천화국 상인들도 들어간 적이 없는 곳인지 길이 험했다. 영석의 얼굴이 땀으로 뒤덮였다.

타라호의 뒤를 따라 걷노라니 점점 나무가 줄어들었다.

나무 사이를 헤치고 걷는 것은 편해졌지만 바닥이 더 험해졌다. 흙이 줄고 단단한 바위가 많이 보였다.

홍원은 그런 풍경을 보고 고개를 끄덕였다.

향산은 어느 곳 하나 나름의 특성을 가지지 않은 곳이 없었다.

과할 정도로 나무가 빽빽한 남면.

평온한 동면.

마수가 가득한 북면.

그리고 이런 서면이라니.

"이곳은 땅이 거칠다네. 그래서 작물이 잘 자라지를 못해. 약초도 마찬가지고."

타라호가 앞서 걸으며 이야기를 시작했다. 이런 풍광에 홍원과 영석이 의문을 가졌으리라 생각한 것이다.

"그래서 우리는 상인들과 거래를 할 수밖에 없었네. 저기 남면에서 영역을 설정하고 모두를 배척하는 말라깽이들과는 상황이 다르지."

홍원은 그들이 남면의 목이문을 알고 있다는 사실에 살짝 놀랐다. 남면에서는 그들에 대한 어떠한 이야기도 듣지 못했기 때문이다.

"이곳에서 가까운 곳이 천화국이니 그곳 상인들이 주로 대상이었어. 가끔 험한 사막 넘어오는 중원 상인들도 있었지. 그들과 거래를 하며 식량이나 필요한 물품들을 구했네. 그런데 딱하나 아쉬운 게 있었어."

"그게 뭡니까?"

영석이 물었다.

그들이 아쉬운 것이라면 훌륭한 거래 품목이 되기에 눈이 번쩍 뜨인 것이다.

"약초였네. 아무래도 우리가 향산에 살아서 그런지… 향산의 약초만 잘 들어. 다른 약초들은 향산에서 채집한 것에 비해 십분지 일도 효과가 없었어."

그 말에 홍원은 고개를 끄덕였다. 그들이 왜 그런 체질을 가진 것인지 알 수 없었지만 아버지와 그들의 인연을 추측할 수 있었다.

아마도 동면의 약초를 구해준 것이리라.

남면도 자유로이 다니실 수 있는 분이시니, 동면의 질 좋은 약초를 좋은 상태로 가져다 주셨을 것이다.

"천화국 상인들이 구해오는 것은 질이 떨어지고, 중원의 상

인들은 무척이나 드물게 찾아오고… 참 곤란하던 차에 무양이
그 친구가 찾아왔어. 그게 십육 년 전의 일이군."

타라호가 하늘을 올려다보며 말했다.

그날의 기억을 더듬는 듯했다.

"그는 아주 결연한 얼굴로 왔었지."

홍원의 아버지, 장무양과의 첫 만남을 눈앞에 그리듯 생생히
기억하고 있었다.

"짐승 가죽이랑 약초랑 이것저것 짊어지고 왔었어. 만약 그
때 그가 보여준 약초가 아니었다면 그와 인연이 시작되지도 않
았을 거야."

타라호의 말에 홍원은 그날의 장면을 머릿속에 그릴 수 있었
다. 아까 그 작은 공터에서 바닥에 짊어지고 온 모든 것을 풀어
놓는 아버지의 모습.

"무양이 그 친구가 그러더군. 자신의 아들이 훌륭한 사부를
만나 떠났다고. 돌아왔을 때 쓸 좋은 병기를 마련하고 싶은데
자신이 가진 것들 중 거래를 할 만한 게 있냐고 했었네."

그 말에 홍원은 울컥했다.

산의 길을 아는 아버지라 하지만 이곳 서면까지는 무척이나
먼 길이다.

그래서 애초에 이곳까지는 다니지 않으신 것이다.

한데 언제 돌아올지 모를 자신을 위해 이곳까지 많은 짐을
짊어지고 무작정 떠나셨다.

'아버지……'

홍원의 눈가가 붉게 물들었다.

타라호의 이야기가 거기에 이르렀을 때 눈앞에 작은 마을이 보였다.

"자, 도착했네. 두하족의 검은돌 마을에 온 걸 환영하네. 이 뒷이야기는 조금 이따가 더 나누도록 하지."

타라호의 부름에 마을에서 수많은 사람들이 몰려나왔다. 그들은 하나같이 키가 비슷비슷했다.

아주 작지는 않지만 그래도 작은 축에 속하는 키였다. 하지만 두꺼운 근육으로 가득한 그들의 몸을 볼 때면 결코 그들이 작아 보이지 않았다.

영석은 생경한 광경에 연신 정신을 차리지 못했다.

한 사내가 두 사람 앞으로 다가왔다. 타라호가 붙여준 사내로 중원 말에 능했다.

홍원과 영석은 그들 따라 거처에 짐을 풀었다.

"먼 길 오셨으니, 푹 쉬시고 저녁때 다시 뵙자고 하십니다."

그의 말에 홍원과 영석은 고개를 끄덕였다.

그는 집 안의 물품을 사용하는 방법을 가르쳐 주고 떠났다.

"히야, 신기하네요. 두하족이 손재주가 뛰어나다는 이야기도 들었습니다만… 이들은 여간해서는 광석만 거래한다고 들었거든요."

영석은 욕실을 살피며 신기한 듯 말했다.

그곳에는 손잡이만 돌리면 물이 자동으로 나왔고, 바닥의 구멍으로 물을 흘려낼 수도 있었다.

"여기에 따뜻한 물도 바로 나온다니……."

영석은 믿기지가 않는 듯했다.

"물을 데우는 데 시간이 걸리니 좀 기다리라고 했잖아."

홍원이 뒤에서 영석에게 말했지만 영석은 그새 다른 곳으로 움직이며 집 안을 구경했다.

"이 사람들은 이렇게 대단한 기술을 가지고서는 왜 이런 깊은 산속에서 살아가는 걸까요?"

홍원은 고개를 가로저었다.

그들의 삶에 대해 간섭할 생각도, 의문을 가질 생각도 없었으니까.

"그런데 이곳이 그렇게 찾기 어려운 곳은 아닌 것 같은데… 어째서 지금껏 알려지지 않았을까요?"

영석은 문득 생각났다는 듯 말했다. 길이 좀 힘들기는 했지만 그것은 자신이 약골이라 그런 것이고 단련이 된 사람들에게는 어렵지 않은 길이었다.

그 말에 홍원은 피식 웃었다.

이곳까지 오는 동안 곳곳에 매복이 있었다. 타라호와 함께였기에 이렇게 쉬이 올 수 있는 것이었다.

'그리고 산속에 기관들도 여럿 만들어둔 것 같았어…….'

기감으로 살폈을 때 어딘가 수상한 곳들이 있었다. 기관을 잘 모르기에 어떠한지는 알 수 없었지만 왠지 그것들이 기관인 듯했다.

사람들이 쉽게 올 수 있는 곳은 두하족과 마주쳤던 그 작은 공터.

딱 그곳까지였다.

그 뒤로는 그야말로 용담호혈이었다.

"물이 모두 준비가 됐습니다!"

그때 밖에서 큰 소리가 들렸다. 두 사람을 이곳까지 안내해 준 이의 목소리였다.

그 말에 영석은 부리나케 욕실로 들어가 손잡이를 돌렸다.

과연 더운 김이 모락모락 올라오는 뜨거운 물이 콸콸 나왔다.

"우와!"

그 모습에 영석은 순수한 탄성을 터뜨렸다. 그 모습이 신기한 것은 홍원 역시 마찬가지였다.

집 마당에 온천이 있는 홍원이었지만 그것은 마침 마당 아래로 수맥이 지나간 덕이었다.

이렇게 인위적으로 집 안으로 뜨거운 물을 끌어오다니 무척이나 신기했다.

집 밖에서 더운 물의 배관을 연결한 이는 영석의 탄성 소리를 듣고 씨익 웃었다.

어쩌다가 한번 오는 외부인들의 저런 반응을 볼 때면 기분이 좋았다. 그렇기 때문일까. 산 밖의 세상이 별로 궁금하지 않았다.

이런 단순한 장치에도 저리 놀라는 사람들이 사는 곳이라 생각하니 호기심이 생기지 않는 것이다.

차가운 물이 나오는 손잡이를 돌려 적당한 온도로 물을 받은 후 그야말로 기분 좋은 목욕을 즐겼다.

홍원도, 영석도 아주 기분 좋은 휴식이었다.

"어떻게, 아직도 망한 거 같으냐?"

나른한 몸을 침대에 누여 휴식을 취하던 중 홍원이 물었다. 그 말에 영석은 세차게 고개를 저었다.

"설마요. 이곳까지 들어왔는데요."

"계약 해지할까?"

홍원이 은근한 목소리로 물었다.

"절대 안 됩니다. 제 영혼을 팔아서라도 반드시 대금을 치르겠습니다!"

언제 그리 불안한 적이 있었냐는 듯 당찬 모습이다.

그런 영석의 변화에 홍원은 피식 웃었다.

"사람 일이란 언제 어떻게 바뀔지 모르는 거다. 그러니까 끝날 때까지 포기하지 마."

"네."

홍원의 말에 영석은 크게 고개를 끄덕였다.

"아직 광석 문제는 해결도 안 된 상황이라는 건 알고 있지?"

홍원의 물음에 영석은 아무렇지도 않다는 얼굴로 답했다.

"그럼요. 뭐, 이제 광석은 어떻게 되어도 상관없습니다. 형님에게 빚을 졌다는 게 중요하죠."

"그게 무슨 말이야?"

빚을 졌다는 게 중요하다니. 얼마 전까지만 해도 그 빚 때문에 죽을상을 하고 있던 영석 아니던가.

"형님과의 인연은 제가 그 빚을 갚기 전에는 유지가 된다는 거니까요, 하하하."

영석은 여전히 홍원의 무위에 대해서는 모른다.

하지만 오늘 겪은 일로 충분히 확신할 수 있었다.

이 사람의 몸값이 금 오백 냥이면 거저나 다름없다.

거기에 외상이라는 명복으로 계속 인연을 유지할 수 있다니, 그야말로 대박이었다.

서면의 광석은 이제 아무래도 좋았다.

두하족의 사람들과 인연이 있는 이와 인연을 맺을 수 있다니.

홍원의 말대로 이제 광석을 팔지 않은 지 겨우 두 달이다. 앞으로 창창한 날이 남아 있었다.

홍원은 그런 영석의 모습에 다시 한 번 피식 웃었다.

'커가는 속도가 빨라.'

설마 이 작은 경험으로 저렇게 마음가짐이 바뀔 거라고는 생각도 못 했다.

사실 아버지와 두하족 간의 인연은 홍원으로서는 전혀 몰랐던 일이니까.

거기에 생각이 미치자 마음이 급해졌다.

아직 아버지의 이야기를 다 듣지 못하지 않았던가.

그래도 느지막한 오후에 당도했기 때문인가, 시간은 금세 흘렀다.

사위가 어둑어둑해지자 아까 그 사내가 다시 홍원을 찾았다.

"촌장님께서 식사를 함께하자 하십니다."

그 말에 홍원과 영석은 자리에서 일어났다.

밤의 두하족 마을은 또 다른 장관이었다.

길가에 늘어선 수많은 장대에 불이 밝혀져 있었다.

읍성에서 만들어놓은 등불에 비할 바가 아니었다. 그만큼 밝고 영롱한 불빛이었다.

"히야!!!"

그 모습에 영석의 입에서 절로 경망스러운 감탄사가 흘러나왔다.

사내는 그런 반응에 뿌듯한 얼굴을 했다.

언제 보아도 기분 좋은 반응이었다.

가끔 산 바깥에 대한 호기심이 일기도 했다. 대체 어떻게 살기에 겨우 이런 것에 저리들 놀라는 것인지.

홍원도 다시 한 번 놀랐다. 하지만 영석같이 반응하지는 않았다.

사내의 길 안내를 받아 촌장의 집에 도착하니, 타라호가 기다리고 있었다.

"어서 오게. 안으로 들지."

안에 들어가니 그의 가족들이 있었다. 아내와 아들, 며느리, 딸, 그리고 손자로 보이는 이들까지 대가족이었다.

두하족의 여인들은 하나같이 아름다웠다.

'목이문도 그렇더니. 향산의 정기 때문인가?'

그 모습에 홍원은 그런 말도 안 되는 생각을 떠올렸다. 영석은 이미 눈이 돌아가 있었다.

여인들 역시 신장은 오 척에서 오 척 삼 촌 정도로 보였다.

남자들처럼 우락부락한 근육은 없었으나, 하나같이 몸이 탄탄해 보였다.

타라호의 주도로 인사를 나눈 그들은 저녁 식사를 했고, 그 자리에서는 일상적인 이야기만 오갔다.

타라호의 가족들은 오랜만의 외부인에게 무척 호기심이 많았고, 영석 역시 두하족에 대한 호기심이 많았다.

그 덕에 온갖 대화가 오가는 자리였다.

타라호의 가족들 중 중원 말을 할 수 있는 이는 그와 그의 아들뿐이었다. 다른 이들은 천화국 말만 할 줄 알았기에 홍원과는 의사소통이 어려웠다.

영석에게는 아무런 장애가 되지 않았다.

그는 연신 신나게 이야기를 이어갔는데, 그 눈은 타라호의 딸에게서 떨어질 줄을 몰랐다.

어느새 식사를 마치고 차를 마시는 자리였으나, 기분 좋은 웃음과 함께 대화는 계속되었다.

타라호의 눈짓에 홍원이 자리에서 일어나 그를 따라갔다. 하지만 그 둘을 신경 쓰는 이는 없었다.

영석 역시 대화 삼매경에 빠져 있었다.

"좀 걷는 게 어떤가?"

"좋지요."

집 밖으로 나온 두 사람은 천천히 걸었다.

홍원은 기감을 펼쳐 검은돌 마을 전체를 살폈다. 요소요소에 경계가 대단했다.

외부인이 거의 없는 곳임에도 이리 경계를 하는 이유가 무엇일까 의문이 들었지만 굳이 알 필요가 없었다.

자신은 그저 손님이지 않은가.

"궁금한 게 많을 테지?"

"네."

타라호의 물음에 홍원은 솔직하게 답했다. 아버지와 연관이 된 일이니 궁금하지 않을 수가 없었다.

"무양이 그 친구는 무척이나 많은 약초를 가져다주었어. 우리에게는 무척 귀한 손님인 게지. 우리 검은돌 마을만이 아니라 두하족 다른 여러 마을과 나눠도 충분할 정도였어."

홍원은 그 말을 가만히 들었다.

"아주 안전한 길을 보는 신기한 능력이 있다고 했지."

그 능력은 홍원도 가지고 있었다.

"어쨌든 우리로서는 큰 은혜를 입은 거나 다름없지. 해서 족장님도 그 친구를 각별히 신경 쓰셨다네. 우리도 보답을 하려 했으나 무양은 끝내 거부했어. 자신에게는 아무것도 아닌 것이라고. 대신 아들의 병기를 하나 부탁했지."

다시 한 번 울컥했다.

"우리가 어떻게 했을 것 같나?"

타라호가 문득 물었다.

"최선을 다하셨겠지요."

알게 된 지 얼마 안 된 이들이다. 하지만 그것만으로도 이들의 성향을 알기에는 충분했다.

그들은 경우를 알고, 그에 대한 보답을 할 줄 아는 이들이었다.

"그렇지. 그래서 말일세. 아직도 완성을 못 했다네."

그 말에 홍원은 흠칫 놀랐다.

십육 년 전에 부탁한 병기를 아직도 완성하지 못했다니. 대체 얼마나 대단한 것을 만들고 있단 말인가?

"우리는 타고난 장인들이야. 광부들이기도 하고. 해서 완벽하지 못한 것은 만들지를 않아."

그 말에는 자부심이 가득했다.

"병기란 자고로 그것을 사용하는 이에게 맞춰 만들어야 하네. 한데 무양의 아들을 만나지를 못하니 완성할 수가 없는 것이지."

맞는 말이다. 홍원은 고개를 끄덕였다.

"그토록 기다리던 이가 왔으니 이제 완성을 해야지. 자네 몸에만 맞추면 완성이네."

마침 병기가 하나 더 필요하던 참이었다.

이곳에 온 것도 이곳에서 질 좋은 광석을 구해볼까 하는 생각도 있지 않았던가. 흑운의 짝을 만들기 위해 말이다.

이곳에서 광석을 구해 읍성의 황 노인에게 맡길 요량이었다.

그런데 아예 자신을 위한 병기를 만들고 있었다니.

"병기는 어떤 것입니까?"

"자네도 무인이구만."

홍원이 병기에 관심을 보이자 타라호는 슬며시 웃음 지었다.

"병기의 종류에 관해서는 우리에게 일임했었어. 무양이 자기는 그런 쪽으로는 아무것도 모른다고, 장인인 우리를 믿겠다며."

그 말은 두하족에게 더욱 큰 책임감을 주었을 것이다.

장인이라는 족속들이 그렇다.

믿는다, 전부 맡긴다고 하면 더욱 불타오르는 이들이다.

"당시 우리 부족에서 가장 실력이 뛰어난 이의 특기는 도였네. 그래서 도를 만들었지."

기막힌 인연이었다.

홍원도 마침 도가 필요하지 않았던가.

완전히 하나가 된 지금 꿈속에서 사용했던 그 패도적인 천선의 도(刀) 역시 사용할 수 있었기에, 도를 한 자루 마련하려 했다.

그런데 아버지의 오랜 부탁으로 만들어둔 병기가 도라니.

'아버지……'

그립고도 그리운 존재였다.

"그 도는 지금 이곳에 없네. 족장님이 계신 곳에 있지."

그럴 것이라 생각했다.

광이족의 마을을 거쳐 목이문으로 갔던 경험이 있기에 예상할 수 있었다.

검은돌 마을도 두하족의 여러 마을 중 한 곳일 뿐이다.

"그러니 내일 같이 가도록 하세. 족장님도 자네를 만나면 무척 기뻐하실 게야. 무양이 소식에는 슬퍼하시겠지만……."

그리 말하는 타라호의 눈가도 붉어졌다.

여태껏 보이지 않은 감정이었다.

아버지는 이곳에서도 진심을 다한 관계를 맺으셨던 것 같았다.

아버지의 죽음을 슬퍼해 주는 이들이 있는 곳이라.

홍원은 한층 더 이들에 대한 정이 깊어졌다.

잠깐의 산책을 마치고 돌아오니, 차를 마시던 자리는 어느새 술자리로 바뀌어 있었다.

얼굴이 벌게진 채, 촌장의 아들과 영석이 신이 나서 떠들고 있었다. 촌장의 딸 역시 살짝 붉게 변한 얼굴을 한 채 대화에 끼어들고 있었다.

촌장은 그 모습에 피식 웃고는 자신의 방으로 향했다.

홍원 역시 고개를 절레절레 흔들고는 자신의 숙소로 향했다. 도무지 영석을 데리고 갈 분위기가 아니었다.

다음 날 아침.

영석은 머리를 부여잡고 신음을 흘리고 있었다.

"으윽, 머리야… 머리가 깨지는 것 같아요……."

홍원은 그 모습을 보고는 웃음을 흘릴 수밖에 없었다.

"오늘은 여기서 쉬어라."

"네……."

홍원의 말에 영석은 힘겹게 대답했다. 어제 대체 무슨 일이 있었기에 저렇게 술에 절어서 온 것일까 싶었다.

타라호를 만나니 그의 아들도 같은 상황인 듯했다.

"자네와 함께 온 친구가 생각보다 술이 센 모양이야. 우리는 체질상 어지간해서는 숙취가 없는데, 내 아들이 숙취를 느끼게 만들다니 말이야."

그의 말에는 호감이 가득했다.

"마을로 오는 길을 힘들어하는 걸로 봐서 그저 약골인 줄만 알았더니 남자였어, 허허."

아무래도 두하족에게 주량은 사람을 평가하는 중요한 기준 중 하나인 모양이었다.

자신의 아들에게 숙취를 느끼게 했다고, 단번에 영석에게 호감을 보이는 것을 보면 말이다.

그런 사소한 대화와 함께 두 사람은 두하족의 족장이 머무는 마을로 향했다.

그곳은 푸른불꽃 마을이라고 했다.

서면의 풍경은 신비로웠다.

나무 한 그루, 풀 한 포기 없는 돌산으로만 된 곳도 있고 푸른 흙으로 뒤덮인 곳도 있었다. 듬성듬성 나무가 자라는 곳도 있었다.

아주 다양한 풍경들이 펼쳐져 있었다.

'확실히 이래서는……'

타라호의 뒤를 따라 걸으며 홍원은 그들의 사정을 짐작할 수 있었다.

신비롭고 다양한 풍경을 보이는 서면이었지만 딱 하나 공통점이 있었다.

땅이 척박했다.

이래서는 농사도 약초도 힘들었다.

눈에 보이는 나무나 잡초들 역시 척박한 곳에서도 살아남을 수 있는 품종들이었다.

보통 사람은 살기 힘든 땅이었다. 두하족은 어찌 이런 곳에 자리를 잡은 것일까.

"땅이 척박하군요."

홍원이 뒤따라 걸으며 입을 열었다.

"그렇지? 자네는 역시 무양이의 아들이야. 무양이 그 친구도 그랬어. 땅이 척박하다고."

타라호는 홍원에게서 홍원의 아버지의 모습을 보고 있었다.

"이렇게 척박한 곳에 사는 이유가 궁금하겠지."

"솔직히 그렇습니다."

"천하 어디를 둘러보더라도 이만한 광맥을 찾을 수 없기 때문이네. 우리가 이 땅에 자리를 잡은 지도 오랜 세월이 흘렀어. 선조들이 남긴 기록을 보면 이곳만이 오직 우리의 욕구를 채워줄 수 있는 땅이라 하셨네. 천하를 떠돌아 찾은 땅이지."

저들의 그 욕구가 얼마나 대단하기에, 생존에 문제가 있는 땅을 자신들을 위한 땅이라며 자리를 잡았을까.

"하지만 이제 그것도 틀린 소리인지도 몰라."

마지막 말에는 씁쓸함이 가득했다.

홍원은 그것이 현재 두하족이 광석을 반출하지 않는 이유임을 직감했다.

푸른불꽃 마을은 제법 깊은 곳에 있었다. 한나절이 더 걸려 걸어서야 도착했다.

그사이에 작은 마을 두 곳을 지나쳤다.

그곳에 전갈이 간 것인지 마중 나와 있는 사람들이 있었다.

타라호가 그들과 자신들만의 말로 대화를 나누자, 곧 그들은 홍원을 향해 호의적인 시선을 보냈다.

아마도 아버지 덕일 것이다.

"어서 오게. 언제나 올까 목이 빠지게 기다렸는데 드디어 왔구만. 그때 자네 아버지가 가져다 준 약초 덕에 내 아들이 목숨을 건졌지."

가장 먼저 달려와 홍원의 손을 덥석 붙잡으며 말하는 이의 두 눈은 붉게 변해 있었다.

장무양의 죽음에 대한 이야기를 들은 탓이다.

"난 자네와 장 엽사 그 친구가 함께 오기를 그리도 기다렸건만… 자네만 왔구만. 그래도 이렇게 찾아온 게 어디인가. 정말 반갑네."

그는 홍원의 손을 꽉 쥐고 연신 흔들었다.

"그가 자네의 병기를 만들고 있는 장인이네. 하만이라 하지."

어느새 다가온 타라호가 그를 소개했다.

"이런 내 정신 좀 보게나……."

그제야 하만은 자신의 소개도 제대로 하지 않은 것을 깨닫고 머리를 긁적였다.

"만나 뵙게 돼서 반갑습니다."

"그래, 그렇지."

"이 친구는 이곳에 있어서 외부인들을 만날 일도 없는데도,

무양이 때문에 중원 말을 배운 친구야. 유독 자네 선친을 좋아
했다네."

그 말에 홍원은 울컥했다.

"내 가족의 은인 아닌가, 장 엽사는."

타라호는 홍원의 아버지를 친근하게 불렀지만 하만은 꼭 장
엽사라 칭했다. 아들의 생명의 은인이기에 함부로 부를 수 없
다는 것이 이유라고 했다.

"자, 소식을 전해 듣고 족장님께서 기다리고 계신다네. 어서
가세나."

하만이 두 사람을 이끌고 앞장서서 걸었다.

이곳은 푸른불꽃 마을이라는 이름처럼 바닥에 푸른기가 도
는 흙이 많았다. 주변을 돌아보면 보이는 바위들도 푸른 기운
을 머금고 있었다.

생각해 보면 검은돌 마을은 검은빛의 바위와 흙이 많았다.
아무래도 주변 지형에 따라 마을 이름을 붙이는 듯했다.

"이곳은 질 좋은 동 광산이 근처에 있어. 그 때문에 땅에 푸
른빛이 도는 걸세. 우리 마을은 근처에 묵철 광맥이 있지. 그
때문에 그런 검은빛이 도는 것이고."

홍원의 시선을 보며 곁에서 걷던 타라호가 그의 의문을 풀
어줬다.

第三章
광맥

　하얀 머리칼과 길게 기른 하얀 수염이 무척이나 멋들어진 모습이었다.

　얼굴에 자글자글한 주름은 그가 보낸 세월을 보여주고 있었다. 그럼에도 여전히 단단한 팔뚝의 근육은 그의 정체성을 알려주고 있었다.

　"반갑네. 두하족의 족장인 마라카일세. 십 년이 넘는 세월을 기다렸는데 이제야 만나는구만."

　홍원을 반가이 맞아주는 두하족의 족장이었다.

　"나도 이제 오늘내일하는지라, 장 엽사나 자네를 보지 못하고 떠날까 봐 걱정이 되던 참이었어."

　너무나 정정했기에, 쉬이 믿을 수 없는 말을 하고 있었다.

"장홍원이라 합니다. 이리 환대해 주셔서 감사합니다. 아직 수십 년은 문제가 없으실 것 같습니다."

홍원의 말에 마라카는 허허거리며 호탕하게 웃었다.

"자, 어서 앉지."

마라카는 홍원을 한쪽의 다탁으로 안내했다. 하만과 타라호도 함께였다.

그들의 신장에 맞춰 제작되었음에도 홍원이 앉기엔 큰 불편함이 없었다. 두하족이 키가 작은 편이라 하나 겨우 육 촌(약 18㎝) 내외의 차이다.

크게 불편을 줄 정도가 아니었다.

"타라호에게 대강의 이야기는 들었다고?"

"네, 그렇습니다."

홍원의 대답에 마라카는 고개를 끄덕였다.

"장 엽사는 우리 일족의 큰 은인이야. 그가 끊이지 않고 많은 약초를 구해준 덕에 많은 이들을 구할 수 있었지. 그가 구해준 약초가 아직도 남아 있어."

홍원은 가만히 마라카 족장의 이야기를 들었다.

"그런 그의 소식이 끊긴 것도 팔구 년이 되었지. 무슨 사정이 있겠거니, 하고 기다리고 있었다네. 그는 신의를 아는 사람이니까. 한데 설마……."

마라카는 그 이상 말을 잇지 못했다. 아직도 쉬이 믿을 수 없는 듯했다.

그의 눈가가 살짝 붉어졌다.

"그랬겠지. 그랬으니 장 엽사가 소식 한 줄 전하지도 못하고 그 세월을 보낸 게지."

마라카는 혼잣말을 하며 고개를 주억거렸다.

"그래, 홍원 자네는 어찌 알고 이리 찾아왔는가? 선친이 남긴 유언이 있는가?"

그 부분에 대해서는 아직 홍원이 타라호와 이야기를 나누지 않았던지라 마라카가 직접 물었다.

홍원은 고개를 저었다.

"안타깝게도 저 역시 선친의 임종을 지키지 못했습니다. 제가 스승님을 따라 집을 떠나 있는 동안 귀천하셨지요."

"허어……."

이 자리에 있는 세 사람은 진심으로 안타까워했다.

"해서 사실 아버지와 두하족 여러분들의 인연도 이곳에 와서 처음 알았습니다."

세 사람은 고개를 주억거렸다. 그렇다면 이 얼마나 절묘한 인연인가.

"영석이 그 친구가 서면으로 가는데 도와달라 부탁을 해서 오게 된 것이죠. 물론 언젠가는 한번쯤 와보고 싶었던 곳입니다."

"인연은 인연이야. 하면 자네는 아버지가 우리에게 부탁한 물건에 대해서도 이곳에 와서야 알았다는 거로구만."

"타라호 촌장님께 듣기 전에는 까맣게 몰랐습니다."

"하만이 전심전력을 다해서 만들고 있었지."

홍원의 대답에 마라카는 하만에게 시선을 두며 말했다.

"그런데 자네에게는 너무나 미안하게도… 그 물건을 언제 줄수 있을지 모르겠네……."

마라카가 진심으로 고개를 숙이며 어두운 목소리로 말했다.

갑작스러운 말이었다.

타라호와 하만의 웃음 속에 한 줄기 어두운 기색이 숨어 있는 듯하다 느꼈었는데, 이것이 그 이유인 듯했다.

홍원으로서는 크게 상관없는 일이다. 그런 것을 바라고 이곳에 온 것이 아니지 않은가.

아버지의 흔적을 알게 되었다는 것만으로도 충분했다.

십육 년 전 아버지가 자신을 위해 그런 준비를 하셨다는 것을 알게 된 것만으로도 충분히 가치 있고, 감사한 일이었다.

"괜찮습니다. 저는 아버지를 기억해 주시는 여러분을 만난것만으로도 충분히 감사합니다."

홍원의 말에 마라카가 고개를 절레절레 흔들었다.

"우리 일족의 은인이 찾아왔건만 우리는 그와의 약속을 지킬 수조차 없다니… 일족 전체의 수치야."

마라카의 안색은 한없이 어두웠다.

"실상 어제 내가 이 말을 자네에게 하지 않은 이유가 이것이네. 일족 전체의 수치나 다름없는 일이기에, 차마 내가 말할 수는 없었네."

타라호 역시 고개를 숙이며 말했다.

"이제 마지막 단 하나의 과정만 남았거늘… 정말 미안하네……."

하만도 고개를 숙였다.

그런 그들의 모습에 홍원이 당황했다.

"아닙니다. 저는 괜찮습니다. 이러지 마십시오."

당황한 홍원이 자리에서 일어나 일일이 그들을 일으켰다.

"후-우, 정말 미안하네."

그들은 홍원의 손에 의해 억지로 고개를 들면서도 여전히 미안한 기색이 가득했다.

"일단 지금까지 완성한 거라도 보여주겠네. 같이 가세."

마라카가 자리에서 일어나며 말했다.

하지만 앞장서는 이는 하만이었다. 그의 작업장에 보관되어 있었기에 그가 앞장선 것이다.

그렇게 도착한 하만의 작업장에서 홍원은 입을 다물 수가 없었다.

늘씬한 자태를 드러내며 다소곳이 놓여 있는 붉은 도.

그 강렬한 아름다움에 넋을 잃어버린 것이다.

세 사람은 그런 홍원의 모습이 흡족한 듯 만족한 미소를 잠시 지었다가, 이내 얼굴이 어두워졌다. 저런 멋진 물건을 전해 줄 수 없다는 사실 때문이다.

홍원은 단언할 수 있었다.

눈앞의 도는 자신이 여태껏 보아온 그 어떤 병기보다 훌륭했다.

지금 자신의 허리에 있는 흑운도 저 도에 비하면 손색이 있었다.

황 노인에게는 무척 미안한 일이지만 눈앞에 드러난 사실을 부정할 수는 없었다.

"이렇게 훌륭한 도가 미완성이라는 것입니까?"

병기가 주는 황홀경에서 겨우 빠져나온 홍원이 믿기지 않는 다는 얼굴로 물었다.

그 말에 세 사람은 동시에 고개를 주억거렸다.

"내 필생의 역작이지. 완성 직전 단계에서 멈췄지만."

하만이 자부심이 가득한 얼굴로 말했다.

"본디 병기라는 것은 그것을 사용하는 사람의 손에 딱 맞게 만들어야 하네."

주문 제작의 경우라면 당연한 이야기였다.

"장 엽사가 우리에게 부탁을 할 때, 자신의 아들이 쓸 거란 말을 했지만 우리는 사용자에 대해 아무것도 알 수가 없었지."

맞는 말이다.

"하지만 보통 사람 기준에 맞춰 범용으로 무구를 만든다는 것은 절대 내가 용납을 못 하네. 아니, 우리 일족 모두가 용납을 못 하는 일이야. 그것은 무구에 대한 모독일세."

"그러면 혹시 천화국에 광석만을 거래하신 이유가?"

"누가 사용할지 모르는 무구를 어찌 팔겠는가?"

홍원은 그제야 자신이 가졌던 의문을 하나 풀 수 있었다.

장인으로서의 자존감. 그것이 오직 광석만을 거래하게 했다.

그것만으로도 생활에 지장이 없었기에 더욱 그랬을 것이다.

"자네가 조금만 더 빨리 왔으면 좋았으련만… 석 달만 빨리 왔어도……."

하만은 무척이나 아쉽다는 듯 말했다.

홍원은 그 말에서 무언가 사연이 있음을 느꼈다. 두하족이 상단과 거래를 끊은 것이 대강 두 달여 전이라 했다. 그리고 자신이 석 달 전에 왔으면 문제가 없을 거라 했다.

둘 사이에 연관이 있음을 누구라도 눈치챌 수 있었다.

"향산에는 신비한 광석이 무척 많다네. 그중 우리가 백린강이라 부르는 광석이 있다네. 잘 정제하면 새하얀 은빛을 띤 주괴를 얻을 수 있는데, 그 광석으로 마무리를 해야 하네. 마무리 작업 때 자네가 직접 도를 사용해야 하지."

홍원의 지식으로는 알 수 없는 이야기였다. 황 노인의 대장간에서 그가 작업하는 것을 여러 번 지켜보았기에 더욱 그랬다.

하만은 홍원의 그런 기색에 아랑곳하지 않고 자신의 이야기를 이어갔다.

"백린강은 아주 신비한 금속이야. 사용자의 손에 딱 맞게 무구를 변화시킨 후 그 상태로 고정시키는 역할을 하지. 처음 백린강을 입혔을 때 단 한 번만. 그래서 우리는 자네를 기다린 게야. 백린강이라는 녀석은 그 신비함만큼 까다로워서 광석을 캐낸 후 하루가 지나면 그 효용이 없어져. 해서 미리 주괴를 만들어둘 수도 없다네."

하만이 아쉽다는 듯 고개를 저으며 말했다.

그의 말대로라면 정말로 신비한 금속이지 않은가.

"이제 더 이상 광산에서 광석을 캘 수 없는 것입니까?"

광맥이 말랐냐는 말을 에둘러 물었다.

홍원의 물음에 마라카는 고개를 저었다.

"두 달 좀 더 전부터 들어갈 수가 없네. 검은 안개가 갱도에 가득해서 앞을 볼 수도 없고 어느 정도 들어가면 막다른 곳인 듯 모든 것을 막아버려."

마라카가 어두운 얼굴로 대답했다.

"어느 날 갑자기 그런 일이 벌어졌으니 우리로서는 도무지 알 수 없는 천재지변을 만난 것이나 다름없지… 후우."

마라카는 깊은 한숨을 토해냈다.

"모든 마을의 광산이 그런 상태라네."

타라호의 얼굴에도 짙은 어둠이 드리워 있었다.

"지금 남은 광석으로 근근이 작업은 하네만… 외부와 거래할 광석은 없어. 그리고 자네를 위한 백린강은 광산에서 바로 채굴을 해 와야 하는데 광산이 막혔으니……."

하만이 안타까운 얼굴로 고개를 저었다.

향산은 참으로 신비한 곳이었다.

듣도 보도 못한 그런 신비한 금속이 있다는 것도 놀라웠다. 거기에 더해 이번에 두하족에게 일어난 일은 또 어떤가.

"제가 한번 그곳으로 가봐도 되겠습니까?"

홍원의 물음에 마라카가 고개를 끄덕였다.

"그럼세."

안으로 들어갈 수 없을 뿐, 위험한 곳은 아니었기에 그들은 홍원을 광산의 입구로 안내했다.

그들을 뒤따라가며 홍원은 기감을 최대한으로 펼쳤다.

과연 기이한 기운이 곳곳에서 느껴졌는데, 그곳들이 모두 광산의 입구인 듯했다.

하만이 등불을 밝히고 앞장섰다. 홍원은 그 뒤를 따라 갱도를 걸었다. 그들의 키에 맞춰 만들어둔 갱도였기에 홍원에게는 조금 답답한 느낌이었다.

하지만 작업을 위해 제법 크게 뚫었기에 움직이는 데 방해가 되거나 하지는 않았다.

과연 조금 진입을 하니 검은 안개가 갱도에 자욱하게 깔려 있었다.

"더 깊이 들어가면 앞이 안 보이네. 그보다 더 깊이 들어가면 기이한 벽이 막고 있고……."

그리 말을 하던 하만은 깜짝 놀라며 멈춰 섰다.

"허……."

"왜 그러십니까?"

홍원이 그 연유를 물었다.

"달라졌네."

"네?"

"안개가 달라졌어. 본디 이곳에서 백 보는 더 들어가야 앞이 안 보였는데, 지금은 이곳에서부터 안 보여… 한 달 사이에 이무슨……."

하만은 깜짝 놀랐다. 당황한 기색도 역력했다.

"일단 돌아가세."

이 변화를 알려야 했다.

갱도에는 하만과 홍원만이 들어온 상태라 다시 돌아 나갔다.

하만의 이야기를 들은 마라카의 안색이 더욱 어두워졌다.

원인을 알 수 없는 현상에 대한 두려움이 그들을 뒤덮고 있었다.

하지만 홍원은 달랐다.

방금 들어가서 접한 검은 안개에서 무언가를 느낀 것이다.

"어쩌면 제가 원인을 찾을 수도 있을 것 같습니다."

홍원의 말에 세 사람의 시선이 동시에 홍원을 향했다.

"그게 정말인가?"

마라카의 목소리는 살짝 떨리기까지 했다.

"일단 홀로 들어가 좀 더 살펴보겠습니다. 어쩌면 조금 위험할지도 몰라서요."

하만이 앞으로 나섰다.

"위험할지도 모르는 곳에 어찌 자네 혼자 보내란 말인가. 자네는 우리 일족의 은인이야."

그는 단호했다.

하지만 홍원은 고개를 저었다.

"그리 생각하신다면 홀로 가게 해주십시오. 그게 저에게 더 도움이 됩니다."

홍원 역시 단호한 얼굴로 말했다.

자신이 느낀 것이 맞다면 다른 이들은 오히려 짐이 될 뿐이었다.

홍원의 얼굴에 어린 기색을 읽었음인가, 마라카가 나섰다.

"하만, 물러서게. 아무래도 홍원에게 맡겨야 할 것 같아."

무엇을 느꼈는지 알 수 없었지만 마라카는 홍원에게 신뢰를 보냈다.

장무양의 아들이라면 허튼소리는 하지 않을 거라는 믿음이 있었다.

"감사합니다."

"아닐세. 우리가 감사하지."

홍원의 인사에 마라카는 고개를 저었다.

"한시가 급한 일일 수도 있으니, 저는 다시 들어가 보겠습니다."

그 말을 끝으로 홍원은 다시 갱도를 향해 걸음을 옮겼다.

마라카를 비롯한 세 사람은 그런 홍원의 뒷모습을 바라볼 뿐이었다.

'낯설지만 낯익은 기운이다.'

홍원은 검은 안개가 자신의 몸을 감싸자 고개를 끄덕였다.

안개에 녹아 있는 기운을 언젠가 느낀 적이 있었던 것 같았다.

완전히 같은 기운은 아니지만 유사한 느낌이 있었다.

"목이문."

홍원은 작게 중얼거렸다.

그곳에서도 느꼈었다. 향산의 기운이었다. 그리고 그 기운을 이용하는 존재에 의해 변질이 된 듯했다.

만약 목이문에서의 경험이 없었다면 홍원도 이런 생각을 하지 못했을 것이다.

홍원은 천천히 걸음을 옮겼다.

안개는 점점 더 짙어졌다. 광산의 흙먼지와 섞여서 그런 것인가, 호흡을 할수록 목이 따끔거리고 답답해졌다.

홍원은 기감에 집중했다.

그리고 안개가 지닌 기운을 낱낱이 살폈다.

분명히 향산의 영기와 정기 그리고 마기가 뒤섞여 있었다. 하지만 그중에서도 특정 기운들만이 느껴졌다.

홍원은 그 자리에 가만히 서서 조금 더 집중했다.

'땅속에서 세 가지 기운을 끌어 올리고 있어.'

목이문의 이무기와는 달랐다.

이무기는 땅의 기맥을 따라 흐르는 기운을 뒤틀어 그중 마기를 끌어당겼다면 이 안개는 땅 아래 깊숙한 곳에서 세 가지 기운을 끌어 올리고 있었다.

그리고 그 기운을 조합해 특정 기운만을 안개가 게걸스레 먹어치우고 있었다.

홍원은 아예 가부좌를 틀고 앉았다.

그리고 안개의 기운을 샅샅이 살폈다.

그 속에서 홍원은 여러 가지 기운을 느낄 수 있었다.

영기라 해서 온전한 하나의 영기가 아니었다. 그것은 정기와 마기도 마찬가지였다. 갖가지 기운들이 함께 스며 있었다.

'북면에서는 미처 느끼지 못한 것인데?'

의문이 생겼다.

다시금 기운 속으로 깊게 빠져들어 갔다.

이곳은 기맥이 흐르지 않았다. 정확히는 땅속 깊은 곳에 흐르는 기맥으로부터 기운이 스며들듯 천천히 방사되어 도달하고 있었다.

그 과정에서 정기와 영기, 마기는 또 다른 기운을 머금게 된 것이다.

그리고 검은 안개는 그 기운을 다시금 정제하여 자신이 필요로 하는 것만 흡수하고 있었다.

필요 없는 기운은 방출하여 벽을 쌓고 있었다.

두하족의 광부들이 더 이상 들어가지 못하고 막힌 곳.

바로 그곳의 벽이었다.

향산의 기운으로 이루어진 기벽이었다.

홍원은 두 눈을 뜨고 자리에서 일어났다. 오늘 향산의 기운에 대해 또 다른 사실을 알게 되었다.

알면 알수록 신기한 곳이다.

"이무기보다 더 대단한 존재가 있을지도 모르겠군."

홍원이 중얼거렸다.

이런 안개가 저절로 생겨서 자연적으로 기운을 모으고 벽을 만든다고는 생각할 수 없었다. 분명 이 안개를 만들어낸 존재가 있었다.

순수한 기맥에서 기운을 흡수하던 이무기보다 훨씬 대단한 능력을 지닌 존재이리라.

그러나 홍원의 얼굴에는 두려움이나 긴장감은 단 한 치도 없었다.

스스로에 대한 자신이 있는 것이다.

이무기를 상대했을 때에 비해 이루 말할 수 없이 강해진 자신이었다.

설령 이 길의 끝에 있는 존재가 용(龍)이라 할지라도 자신 있었다.

"이무기보다 대단한 존재라면… 용일지도 모르겠군."

홍원은 그런 자신의 추측을 중얼거리며 앞으로 나아갔다.

한 치 앞도 살필 수 없는 암흑의 공간이 나타났다.

검은 안개가 짙어져서 만들어낸 공간이라고는 믿기 어려울 정도였다. 그곳을 걸으며 홍원은 두하족도 대단하다는 생각을 했다.

자신의 손조차 보이지 않는 곳에서 감각에 의존해 계속해서 앞으로 나갔다는 것 아닌가.

아무리 평소 익숙하게 다니는 갱도라고는 하지만 이런 상황이 만들어낸 두려움의 크기란 이루 말할 수 없었을 것이다.

그것을 모두 극복하고 기운의 벽까지 도달했다니.

광물에 대한 그들의 열정이 대단하다고 할 수밖에 없었다.

얼마나 걸었을까.

더 이상 앞으로 나갈 수 없었다.

기운의 벽이었다.

홍원은 자신의 기운을 한껏 끌어 올렸다. 흑운이 새하얗게 빛났다.

그러고는 아래로 내리 그었다.

스윽.

무언가가 베이는 소리가 낮게 울렸다.

그러나 홍원은 고개를 저었다. 완전히 가르지 못한 것을 느낀 것이다.

다시 한 번 내리 그었다.

서걱.

이번에 울린 소리는 달랐다. 홍원은 고개를 끄덕이고는 앞으로 나아갔다.

벽은 사라지고 없었다.

'단번에 벨 수 있으리라 여겼는데…….'

홍원은 고개를 갸웃거렸다. 자신이 느낀 기운을 토대로 충분히 벨 수 있을 만큼의 기운을 사용했는데, 한 번에 베는 것을 실패했다.

어쩌면 자신의 예상보다 훨씬 강대한 존재가 기다리고 있을지도 몰랐다.

벽 안쪽으로도 안개는 존재했다. 하지만 시야를 가릴 정도는 아니었기에 갱도를 찾아 걷는 데는 아무 문제가 없었다.

"기운이 다르군."

벽의 밖과 이쪽의 안개는 가진 바 기운이 달랐다.

벽은 침입자를 막는 동시에 어쩌면 일종의 거름망 역할을 하는지도 몰랐다.

검은 안개가 분리한 기운들 가운데 필요한 기운만이 통과할 수 있는 장벽인 듯했다.

그랬기에 그 이외의 모든 것을 막았고, 두하족과 홍원 역시 막혔던 것이다.

하나의 방벽이 뚫리면서 그곳으로 모든 기운이 서서히 흘러 들어 갔다.

홍원이 추측한 강대한 존재의 눈꺼풀이 살짝 떨렸다.

자신의 영역에 생긴 변화를 감지한 것이다.

[누구인가······.]

그는 오랫동안 감고 있던 눈을 떴다. 기운을 모으기 위해 반 수면 상태에서 지속적으로 자신에게 필요한 기운을 흡수하고 있었건만.

불과 두 달 정도 지난 때에 불청객이 있을 줄을 몰랐다.

이런 불쾌한 기운의 흐름이라니. 자신이 이곳 중심에 자리를 잡아 모든 길목에 방벽을 치고 필요한 기운만 정제하여 받아 들였건만.

그중 한 곳이 부서지면서, 잡기운이 함께 흘러들고 있었다.

그것이 그의 기분을 몹시 불쾌하게 만들고 있었다.

우웅.

그가 움직이자 공기가 진동을 했다.

홍원은 멀리서 그 진동을 느꼈다.

"대체 뭐지?"

홍원은 고개를 갸웃거리며 걸음을 옮겼다. 하지만 사실상 거의 확신하고 있었다.

이무기 이상 가는 강대한 존재라고는 하나밖에 생각할 수 없었다.

실제로 보게 될 줄이야.

홍원은 흥분되는 가슴을 억누르며 천천히 걸음을 옮겼다. 결코 서두르지 않았다.

어차피 만나게 될 것이다.

아마도 저쪽에서도 자신의 존재를 눈치챘으리라.

이 정도의 기운을 마음대로 움직이는 존재라면 너무도 당연한 일이다.

얼마나 걸었을까?

갱도의 끝에 너른 공동이 나타났다.

공동은 다시금 수많은 갱도와 연결되어 있었다.

두하족의 광산은 너무나 커다란 미로같이 얽혀 있었다. 홍원은 지금까지 단 하나의 갱도만을 따라와서 처음으로 만난 공동이었다.

이곳은 중간 작업장이나 휴식을 취하는 용도로 만들어진 곳 같았다.

그들이 사용하던 장비가 여기저기 놓여 있었다.

마지막으로 사용했을 때도, 뒷정리를 제대로 해놓았기에 깔끔하게 놓여 있었다.

다만 두 달 이상 아무도 오지 않았음을 보여주는 먼지만이 뽀얗게 내려앉아 있었다.

홍원은 자신이 걸어 나온 갱도를 힐끗 돌아보았다.

그곳으로만 곧장 가면 자신이 들어온 곳으로 나갈 수 있다.

홍원은 흑운을 휘둘러 갱도 옆에 표시를 해뒀다. 이곳에서의 일이 끝난 후 돌아갈 일도 생각해야 했다.

홍원의 앞에는 십수 개의 갱도가 아가리를 벌리고 있었다.

그중 가야 할 곳을 찾는 것은 어렵지 않았다.

기운의 흐름을 따라가면 된다.

저 많은 갱도 중 단 한 곳만이 기운을 빨아들이고 있었고 다른 갱도들은 기운을 뱉어내고 있었다.

이곳 공동에서 하나로 모인 기운은 단 하나의 갱도를 따라 움직였다.

홍원은 곧장 그 길을 따라갔다.

비슷한 공동을 세 곳을 더 거쳤다.

점점 더 아래로 내려가고 있었다. 온도가 조금씩 올라가고 있었다.

얼마나 내려온 것일까?

서면에서도 제법 높은 곳에 있는 광산의 입구였으나, 이제는 거의 산 아래 부분이지 않을까 싶을 만큼 내려왔다.

그리고 마침내.

홍원은 지금까지와는 다른 거대한 공동에 도착했다.

그곳에서 노란 두 눈을 빛낸 채 똬리를 틀고 있는 강대한 존재를 마주할 수 있었다.

[네 녀석이었던가?]

갑작스레 머릿속으로 울리는 의념에 홍원은 깜짝 놀랐다.

과연 이무기와는 달랐다.

사람과 의사소통이 가능할 줄은 몰랐다. 그저 전설에나 나오는 존재였기에.

칠흑 같은 비늘로 온몸이 뒤덮인 채 오직 두 눈만이 노랗게 빛나는 묵룡(墨龍)은 그렇게 홍원을 바라보고 있었다.

묵룡의 몸에서 자연스레 흘러나오는 기운에 홍원은 온몸이 따끔거리는 것을 느꼈다.

과연 용(龍)이었다.

이무기 따위와는 차원이 다른 존재이지 않은가.

"용이 실제로 존재할 줄은 몰랐군."

홍원이 나직이 중얼거렸다.

[인간이란 그런 존재이지.]

홍원의 말을 알아들은 듯, 묵룡의 의념이 다시금 홍원의 머릿속에 울렸다.

[나의 휴식을 불쾌하게 한 이유가 무엇이지?]

묵룡이 물었다.

"네가 이곳을 모두 막고 자리를 차지한 바람에 상당히 곤란해하는 사람들이 있어서."

홍원이 묵룡의 두 눈을 마주 보며 답했다.

[그래서 나를 어쩌기라도 하겠다는 것이냐?]

홍원을 비웃는 감정이 고스란히 전해지는 의념이었다. 거기에 어느새 고개를 든 묵룡의 입가에는 비웃음이 가득했다.

묵룡은 천천히 똬리를 풀고 몸을 일으켰다. 드넓은 공동의 절반이 가득 차는 듯했다.

그의 오른쪽 앞발에 들린 검은 구슬이 그 어두운 광택을 발하고 있었다.

하지만 그 빛이 옅었다.

그의 비늘처럼 모든 것을 집어삼키는 듯한 칠흑같이 검은빛은 아니었다.

"못할 것도 없지."

홍원은 온몸의 기운을 끌어 올리며 당당히 용의 기운에 맞섰다.

[가소롭도다. 일개 미천한 인간 따위가······.]

"네놈도 같잖은 이무기가 더 자란 것 아니던가?"

홍원이 묵룡의 말을 이죽거리며 받아쳤다.

[놈!!!!]

분노가 가득한 묵룡의 의념에 홍원은 머리가 크게 흔들리는 듯한 느낌을 받았다.

"크윽."

내부까지 진탕되어 가느다란 신음이 입 밖으로 흘러나왔다.

묵룡의 분노는 대단했다. 한낱 이무기 따위와 지고한 존재인 자신을 비교한 것에 대한 분노였다.

아니, 비교가 아니었다.

격하였다.

감히 자신을 이무기와 동일시하다니.

묵룡의 두 눈이 번쩍이며 온몸에서 자욱한 기세가 흘러나와 홍원을 압박했다.

홍원은 다시 한 번 내공을 더욱 끌어 올렸다.

피부를 따끔거리게 하는 묵룡의 기세를 그제야 버텨낼 수 있었다.

과연 용은 달랐다.

이무기와는 비교가 되지 않았다. 저리도 분노를 할 만하다는 생각이 들었다.

아예 격이 다른 존재였으니.

하지만 용이 되기 위해서는 이무기를 거치지 않았을까.

[감히 그따위 저급하디저급한 미물과 본좌를 비교를 하느냐!]

의념이건만 분노에 차 부들부들 떨리는 것이 느껴질 정도였다.

홍원은 그런 묵룡의 분노에 당당히 맞섰다.

"이무기가 기운을 모아 용으로 탈피를 할 텐데? 그럼 용이나 이무기나?"

홍원의 계속되는 도발에 묵룡은 더욱 거칠게 분노를 표하자 널따란 공동의 벽이 은은히 떨렸다.

지반이 약한 곳은 돌 부스러기가 떨어지기도 했다.

[온갖 혼탁한 기운을 게걸스레 먹어 억지로 격을 바꾸는 그 딴 저급한 존재와 비교하지 마라, 이 저급한 인간아! 우리 종족은 훨씬 고등한 존재이다!]

분노로 점철된 의념이 홍원의 머릿속을 연속적으로 헤집었다.

그 말에 홍원은 처음으로 알게 되었다.

용이라는 동물도 다른 두 종류가 있음을.

태어날 때부터 용이었던 종류와 자연지기를 흡수하여 용으로 탈피를 하는 종류, 이렇게 말이다.

홍원이 지난번에 만난 이무기는 후자였다.

아니, 세상에 알려진 용이란 존재는 모두 후자였다.

[내 이런 모욕을 절대 참지 않으리니. 네놈을 갈기갈기 찢어주마!!!!]

묵룡이 천천히, 그러나 거칠게 움직이기 시작했다.

그와 동시에 동공의 기운도 거칠게 움직였다. 기운 하나하나가 용의 수족이라도 되는 듯 날카로운 기세를 흩뿌리며 홍원을 향해 날아왔다.

그야말로 공간을 완벽하게 장악했다.

홍원은 흑운을 휘둘렀다.

새하얀 검강을 흩뿌리며 움직이는 흑운은 그 모든 기운을 산산조각 냈다.

그 모습에 묵룡의 두 눈에 이채가 어렸다.

[아주 열등한 존재는 아니라는 거로군.]

처음부터 끝까지 철저한 무시였다.

그런 무시를 받고 있으니 홍원도 은근히 짜증이 일었다.

홍원은 내공을 더욱 끌어 올렸다.

이곳에 묵룡이 모아놓은 기운은 홍원에게도 득이 되었다.

천선심법은 끊임없이 주변의 기운을 홍원의 단전으로 빨아들였다.

그럼으로써 조금 더 자세히 기운에 대해 알 수 있었다.

'금기(金氣)다. 저 녀석은 향산의 정기와 영기 그리고 마기 속에 포함된 금기만을 뽑아서 흡수하고 있는 거였어.'

홍원은 영기면 영기, 정기면 정기, 마기면 마기, 이렇게 단일한 기운이라 생각을 했었다.

갱도를 지나오면서 그렇지 않다는 것을 알게 되었고, 이곳에서 묵룡이 정제한 기운을 흡수하면서 전혀 다른 세 개의 기운 속에 공통된 기운이 존재할 수 있음을 깨달았다.

어쩌면 다시 한발을 내디디는데 큰 도움이 될 사실을 깨달은 것인지도 몰랐다.

이곳은 홍원에게 여러모로 훌륭한 광맥이었다.

그리고 이제 그 광맥에서 채굴을 시작할 시간이다.

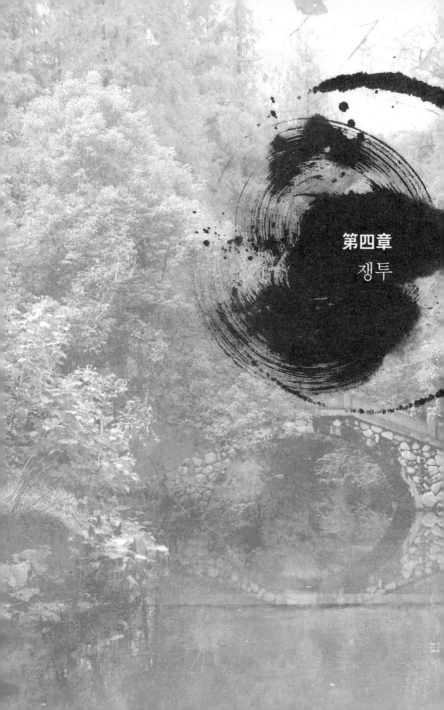

第四章
쟁투

찬바람이 불고 있다.

살짝 땀이 맺힌 이마가 그 찬바람에 시원해지는 것을 느끼며 남쪽을 향해 꾸준히 걸었다.

실상 그녀에게는 갈 곳이 없었다. 아주 어릴 적 동생과 구걸을 하며 떠돌 때, 사부의 손에 이끌려 숭무련에 들렸다.

그녀는 평생을 숭무련에서 보낸 것이나 다름없었다. 보통 사람들이 말하는 고향이라는 곳을 그녀에게서 찾는다면 아마도 숭무련이 고향일 것이다.

그랬기에 막상 숭무련을 떠나니 생각나는 곳이라고는 한 곳밖에 없었다.

그래서 남쪽으로 곧장 걸었다.

이제 곧 읍성이 보일 만한 곳까지 왔다.

단리유화는 잠시 걸음을 멈춰 하늘을 올려다보았다.

푸르고 높은 하늘이 가슴이 뻥 뚫리는 해방감을 주었다. 그렇게 주변 하늘을 시원스레 바라보던 그녀가 고개를 갸웃거렸다.

오직 한 곳만이 하늘의 빛깔이 달랐기 때문이다.

동쪽 하늘 멀리.

향산 저 너머의 제대로 보이지도 않는 하늘이 검게 물들어 있었다.

"저곳은 뭔가 불길해 보이는데……."

그녀는 말끝을 흐리며 그곳을 잠시 바라보더니 이내 다시 걸음을 옮겼다.

어디인지 가늠도 가지 않는 먼 곳이었다.

부디 그곳에 아무 일도 없기를 바라면서 자신의 목적지로 향하는 것이 그녀가 할 수 있는 전부였다.

"어? 뭐지?"

검은돌 마을에서 한가로운 시간을 보내던 영석은 하늘을 올려다보며 깜짝 놀랐다.

새까만 먹구름이 몰려와 있었기 때문이다.

언제부터인지 세찬 바람도 불고 있었다. 나무들이 휘청거리면서 흔들리는 모습이 심상치가 않았다.

"이게 무슨 일이죠?"

영석은 함께 있던 네라에게 물었다. 네라는 타라호 촌장의 딸이었다. 겨우 이틀의 시간이었건만 두 사람은 상당히 친해져 있었다.

"글쎄요, 모르겠어요. 저도 이런 모습은 처음이에요."

향산 서면의 기후는 온화한 편이었다.

많은 비가 내릴 때도 있었지만 저렇게 시꺼먼 구름이 몰려온 적도 없었고, 폭풍이나 태풍도 없었다.

그런데 저런 세찬 바람에 불길해 보이기까지 하는 검은 구름이라니.

쏴아아아.

두 사람이 불안한 눈빛으로 하늘을 올려보는 그때, 비가 내리기 시작했다.

굵은 빗줄기는 세찬 바람과 어우러지며 사나운 폭풍우로 돌변했다.

마라카와 하만, 타라호도 같은 풍경을 보고 있었다.

그들로서는 처음 겪는 기상의 변화였다.

"허어, 대체 이게 무슨 조화인지……."

마라카는 알 수 없다는 눈으로 하늘을 올려다보았다. 갱도의 입구에 모여 있던 세 사람은 급히 집으로 몸을 피했다.

"홍원이는 괜찮은 것인지……."

타라호가 걱정스레 중얼거렸다.

홍원은 시간의 흐름을 제대로 느끼지 못했지만 그가 갱도로 들어간 지 어느새 여섯 시진이 흘렀다.

갱도에서는 아무런 낌새도 없고, 갑자기 하늘이 저런 폭풍우를 내려 보내니 불길한 마음이 절로 일었다.

폭풍우는 그야말로 갑작스러웠다.

갑자기 하늘 위로 검은 구름이 모여든다 싶더니, 채 이각도 지나지 않아 새까만 어둠이 내렸고, 비바람이 몰아치기 시작했다.

더 기이한 것은 이곳, 서면 일대만 그런다는 것이다.

먼 하늘은 바라보면 그곳은 여전히 푸르렀다.

기사(奇事)도 이런 기사가 없었다.

거대한 머리에 두 개의 뿔, 비늘로 뒤덮인 긴 몸통에 짧은 네 개의 다리와 발.

그리고 그중 한 발이 꽉 쥐고 있는 구슬.

묵룡의 모습은 여러모로 사람들이 상상한 모습과 비슷했다.

최초로 용을 그린 사람이 실제로 용을 보고 그린 것은 아닌가 하는 생각이 들 정도였다.

홍원은 예전에 용의 그림을 보았을 때, 그 사나운 얼굴에 비해 귀엽게까지 보이는 짧은 다리와 발을 보고는 피식 웃은 적이 있었다.

지금은 그런 생각이 전혀 없었다.

저 짜리몽땅한 발과 다리에서 다섯 줄기의 강기가 줄기줄기 뻗어왔다.

오 장(약 15m) 길이의 강기가 왼쪽 앞발 발톱에서 날카롭게 뻗어 나왔다.

그 짧은 발이 조금만 움직여도 오 장 밖은 다섯 줄기 강기가 사방을 갈기갈기 찢어놓았다.

홍원은 흑운을 빠르게 휘두르며 묵룡의 강기를 쳐내기도 하고 피하기도 했다.

하지만 이래서는 끝이 없었다.

아무리 홍원이라 하지만 쉬이 강기의 파도를 뚫고 묵룡에게 접근할 수가 없었다.

허공보는 이미 극성으로 펼치고 있는 중이었다.

묵룡의 검은 강기를 막고 피해서 조금이라도 접근할라 치면 오른발에 들린 구슬이 빛을 발했다.

그와 동시에 홍원에게로 검은 뇌전이 날아왔다.

홍원으로서는 상당히 난감한 상황이었다.

"여의주라는 거로군."

홍원은 구슬을 바라보며 중얼거렸다.

묵룡이 자신의 능력을 발하면서, 용의 기운에 이끌려 산 위로 구름이 몰려든 것이다.

바람과 비, 번개.

풍우뢰(風雨雷)를 부리는 것이야말로 용의 권능이었으니.

하지만 홍원은 이 공동에서 묵룡과 싸우느라 바깥에 어떤 변화가 있을 것이라고는 상상도 하지 못했다.

아무래도 손이 모자랐다.

홍원은 결국 검과 도를 꺼냈다.

새하얀 강기로 이루어진 검과 붉은 강기로 이루어진 도.

백강검(白罡劍)와 적강도(赤罡刀).

[재미있는 재주를 부리는구나.]

묵룡의 의념이 전해졌다.

홍원은 묵룡과의 거리를 벌렸다. 백강검과 적강도를 꺼낸 이상 굳이 접근할 필요가 없었다.

이기어검의 묘리와 이기어도의 묘리로 움직이는 두 병기다.

홍원은 오로지 묵룡의 강기만 맞상대하며 백강검과 적강도를 움직였다.

강기로 이루어진 두 자루의 병기가 허공을 노닐며 묵룡을 공격하자 여의주가 연신 빛을 발했다.

뇌전과 강기와의 싸움.

치열한 불꽃이 사방으로 튀었다.

콰콰쾅!

폭음과 먼지가 비산했다. 공동 여기저기서 돌가루가 떨어지며 진동을 했다.

두 자루의 강기를 유지하려니 많은 양의 내공이 지속적으로 소모되었지만 이곳에 묵룡이 모아놓은 기운의 양은 훨씬 많았다.

천선심법은 우악스러운 포식자가 되어 탐욕스레 사방의 기운을 먹어치웠다.

덕분에 소모되는 내공 이상의 기운이 몸 안으로 몰려들었다.

현재 홍원에게 문제가 되는 것은 분심(分心)이었다.

두 개로 나누어 사용할 때는 아무 문제가 없었는데, 세 개로 나누니 꼬이기 시작했다.

천화국에서 심상의 도를 얻은 이후 실전은 처음이었다.

'둘과 셋은 다르군······.'

여덟까지 나눌 수 있는 분심의 공능을 가진 것이 천선심법이었다.

하지만 실전에서 둘 이상을 나누어본 것이 처음이었다.

홍원이 은살림을 떠나 천선심법을 익히기 전까지 사용한 무유심법은 두 개의 분심이 가능했다.

간혹 무유심법의 분심의 공능을 사용한 적이 있었기에, 전투 와중에 마음을 둘로 나누는 것은 무리가 없었으나, 셋은 달랐다.

하지만 한가하게 지금 수련을 한 후 다시 싸우자고 할 수는 없는 노릇이다.

'실전이 곧 수련이다.'

시행착오를 겪으면서 익숙해질 수밖에 없었다.

홍원은 더욱 빠르게 움직였다.

머리와 마음이 복잡하게 움직였다. 내공의 소모가 더욱 커지기 시작했다.

머리가 내공을 빨아들였다.

[쥐새끼처럼 잘도 귀찮게 구는구나.]

자신의 생각보다 상대하는 것이 어려웠음인가. 묵룡의 의념에 섞인 짜증이 점점 심해져 갔다.

그와 동시에 여의주의 빛 또한 더욱 밝아졌다.

콰콰콰쾅!

뇌전이 공동 사방을 때렸다.

백강검과 적강도는 물론 홍원을 향해서도 날아왔다.

검은빛의 번개는 그 모습만으로도 위협적이었다.

다섯 개의 강기를 모두 쳐낸 그때, 틈을 노리고 날아드는 뇌전을 미처 흑운으로 막아낼 수 없었기에 홍원은 왼손에 내공을 집중해 앞으로 떨쳤다.

권강이 뿜어지며 뇌전과 부딪혔다.

콰앙!

요란한 폭음이 다시 한 번 울리며 홍원이 뒤로 주욱 밀려났다.

"쿨럭."

내부가 뒤집어지며 홍원이 피를 토했다.

급히 끌어 올린 내공이라 뇌전을 상대하기 충분한 강기가 형성되지 않은 탓이다.

은살림을 떠난 후 가장 큰 타격을 입었다.

[좋군.]

그런 홍원의 모습을 확인한 묵룡의 입꼬리가 올라갔다.

광맥이라 생각했건만 광맥에서 대박을 터뜨리는 것이 쉽지가 않았다.

"후우, 미완성의 도라도 들고 왔어야 했나?"

이렇게 싸우다 보니 문득 병기 하나가 아쉬웠다.

무려 세 개의 병기를 가지고 싸우고 있음에도 이런 일이 생길 것이라고는 상상도 못 했다.

하만의 작업장에서 보았던 적도의 자태를 떠올린 홍원은 이내 고개를 저었다.

"지금으로는 제대로 다루지도 못해. 과욕이야."

그랬다.

세 개의 병기를 다루는 것도 못내 부치는 상황이었다.

싸우고, 주변을 살피며, 내공을 운기하는 정도의 분심과는
달랐다.

치열하게 싸우고, 싸우고 또 싸우는 것은 어려웠다.

거기에 손에 또 다른 병기가 더해진다면?

적어도 묵룡과의 전투가 더 쉬워지지는 않을 것 같았다.

그리고 도가 없으면 어떤가. 주먹이 있는데.

천선은 병기를 가리지 않는 무공이다.

방금은 너무 갑작스러웠기에 미처 방비를 못 한 것이다.

"퉷."

홍원은 입안에 남은 핏물을 뱉어냈다.

홍원에게 심대한 타격을 입혔다고 생각한 것일까? 묵룡은 여
유로운 얼굴로 홍원을 바라보고 있었다.

[이제 이 몸의 위대함을 알겠느냐?]

그 의념에는 비웃음이 한가득이었다.

"웃기는 소리는 집어치워. 겨우 한 방 먹인 거 가지고."

[정말 갈기갈기 찢어놔야 제 잘못을 알 놈이로구나.]

묵룡의 발톱에서 다시금 강기가 뿜어져 나왔다.

홍원은 강기를 상대하며 묵룡의 오른발을 보았다.

'저게 제일 성가시군.'

여의주.

용의 권능이 집약된 구슬다웠다.

다섯 줄기의 강기를 상대하는 것은 어렵지 않았다. 자신에게는 백강검과 적강도가 있었으니까.

하지만 여의주 앞에서는 속수무책이 되어버리니 답답했다.

'응?'

여의주를 주시하던 홍원의 눈빛이 변했다.

변화를 읽은 것이다.

처음 묵룡을 만났을 때에 비해 광택이 죽어 있었다. 아주 미세했기에 유심히 살피지 않으면 알 수 없었다.

그랬기에 홍원도 이제야 알아차린 것이다.

'가만……'

홍원의 머리가 빠르게 돌아갔다.

'놈이 왜 이곳에서 기운의 벽으로 금기만을 추출해서 빨아들이고 있었지?'

가장 근원적인 물음을 이제야 떠올렸다.

묵룡이 이곳 공동을 차지하고 앉아 있는 이유.

광산이 막힌 문제를 해결하려고 왔으니, 가장 먼저 떠올렸어야 하는 의문이었다.

향산으로부터 이어지는 수많은 기운을 검은 안개를 통해 분리하고 기운의 벽을 통해 그중 금기만을 빨아들이고 있었다.

홍원이 그 벽 중 하나를 부쉈고 그곳으로 정제되지 않은 기운들이 이곳까지 몰려들었다.

천선심법이 그 기운을 탐욕스레 먹어치우는 중이었다.

홍원은 목이문의 이무기를 떠올렸다.

이무기가 천신목 아래에서 천신목을 말려가며 웅크리고 있었던 이유.

기운을 모르기 위해서였다.

그렇다면 이 묵룡은?

'역시 기운을 모으기 위해서겠지.'

그것을 이제야 떠올렸다.

그와 동시에 묵룡의 강대함에 혀를 내둘렀다.

결국 아직 최상의 상태가 아니라는 말 아닌가. 그럼에도 홍원의 현재 실력으로는 겨우 감당해 내는 정도였다.

여의주라는 것 때문에.

'후우, 만약 기운을 모두 모아서 본신의 위력을 전부 발휘한다면?'

홍원 자신의 필패이리라.

다시 한 번 여의주를 유심히 살폈다.

광택이 조금 바랜 것 말고 다른 것도 알 수 있었다.

빛깔의 깊이가 달랐다.

묵룡의 비늘과 강기, 그리고 뇌전은 검고도 검었다.

세상의 모든 빛을 흡수해 완벽한 암흑을 만들어 버릴 듯한 깊고도 깊은 검은빛이었다.

그야말로 암흑 중의 암흑이었다.

반면 여의주는 광택이 있는 검은빛, 곧 칠흑이었으나 검은빛이 옅었다.

여의주에 충분한 기운이 모이지 않았다는 의미였다.

그런 상태에서 자신과 싸우느라 여의주의 기운을 소모하고 있었기에, 광택마저 조금 바랜 것이다.

하지만 지금의 전투에서 묵룡이 난사하는 여의주의 권능을 생각하면 그 빛이 바래는 것은 너무나 미미했다.

그 이유는 하나다.

사방에서 몰려드는 기운.

홍원 자신 역시 그 기운을 이용해서 내공을 보충하고 있지 않았던가.

다만 자신과 묵룡의 차이는 하나였다.

홍원은 지금 모여든 모든 기운을 내공으로 화할 수 있으나, 묵룡은 오로지 금기(金氣)만을 흡수하는 듯했다.

'그렇다면 일단 기운을 먼저 잘라야지.'

그렇게 마음먹은 순간 홍원은 너른 공동에서 묵룡과의 거리를 더욱 벌렸다.

묵룡의 강기가 닿는 간격의 밖으로 물러났다.

[무슨 꿍꿍이냐?]

홍원의 행동의 변화에 묵룡의 의념이 전해졌다.

묵룡의 노란색 눈을 잠시 마주 보았다. 그리고 홍원은 씨익 웃어준 후 몸을 날렸다.

빠른 속도로 땅을 박찼다.

[흥, 이제야 제 주제를 알고 도망치는 것이냐? 어림없다!]

다섯 발톱의 묵강이 더욱 길어져 홍원을 향해 떨어졌다.

사방의 벽이 잘려 나갔지만 홍원은 기감을 통해 그 방향을 예측하고 절묘하게 피했다.

여의주에서 나오는 묵뢰 또한 아무렇지도 않게 피했다.

현재 홍원의 전력은 약간 손색이 있었지만 그렇다고 묵룡에게 그냥 당한다는 의미는 아니었다.

전력을 다해 방어만 한다면 절대 아무런 손해를 보지 않을 자신은 있었다. 물론 묵룡에게 타격을 주지도 못하겠지만.

현재 두 존재는 서로에게 상처를 입힐 수도 없고, 자신이 상처를 입지도 않는 상황이었다.

홍원은 묵룡의 모든 공격을 어렵지 않게 피하고 있었고, 묵룡 또한 홍원의 모든 공격을 무력화시키고 있지 않은가.

홍원은 연이어 날아오는 묵룡의 공격을 모두 피하며 공동을 빠져나갔다.

기감을 최대한으로 펼쳤다. 사방에서 흘러들어 오는 기운을 모두 느껴야 했다.

모두 열여섯 곳에서 기운이 흘러들어 오고 있었다.

그중 한 곳은 자신이 들어오면서 부쉈기에 모든 기운이 뒤섞인 채 흘러들어 왔다.

'남은 곳은 열다섯이군.'

홍원이 공동을 빠져나가자 묵룡은 더 이상의 공격을 하지 않았다. 끝까지 뒤를 쫓아 박살을 낼 듯한 기세를 풍겼지만 그러지 않았다.

공동 한가운데에서 다시 똬리를 틀고는 기운을 모으기 시작했다.

여의주는 흘러들어 오는 기운을 알아서 흡수했지만 이렇게 자신이 정신을 집중하고 기운을 모으면 훨씬 더 그 효율이 좋았기 때문이다.

지금의 자신도 못 당해 꽁지 빠져라 도망간 녀석이다. 혹여 다시 찾아온다면 그때는 더 강해진 자신을 상대해야 하리라.

그런 심산으로 묵룡은 똬리를 틀고 두 눈을 감았다.

묵룡의 추격이나 공격이 없었기에 홍원은 마음 놓고 달렸다.

두하족의 광산 갱도는 굉장히 복잡한 미로였으나, 홍원에게는 아무런 장애가 되지 않았다.

기운의 흐름이라는 아주 훌륭한 길라잡이가 있었기 때문이다.

각 마을 곳곳의 광산이 얽혀 있는 듯, 갱도가 달라지면서 벽이나 땅의 색이 달라졌다. 다른 광물들의 광산인 듯했다.

하나 홍원에게 그것은 중요한 게 아니었다.

그저 기운의 거름막을 깨부수는 게 중요할 뿐.

그렇게 달려서 드디어 막에 도착했다.

막은 밖에서 안으로 들어오는 것을 막을 뿐, 안에서 밖으로 나가는 것에는 아무런 영향을 미치지 않았다.

그래서 아무것도 모르고 갱도 밖으로 나갈 뻔했다.

막을 통과하는 순간 느껴진 기운의 변화를 감지 못했다면 말이다.

홍원은 곧장 몸을 돌렸다.

막은 이미 빠져나온 상태다.

"내부에 있는 건 아무 저항 없이 외부로 보낸다고 하면 어차피 부수기 위해서는 나와야 하는군."

홍원이 막을 툭툭 두드리며 중얼거렸다.

곧장 흑운을 뽑아 새하얀 강기를 일으켰다.

이미 한 번 경험이 있었기에 이번에는 일검에 막을 갈랐다. 순수하게 정제된 금기만이 들어가던 갱도로 온갖 기운이 흘러 들어 가기 시작했다.

눈을 감고 똬리를 틀고 있던 묵룡의 눈꺼풀이 꿈틀했다.

금기에 섞이는 다른 기운의 양이 늘어난 것을 감지한 것이다.

[또 다른 녀석이 들어온 것인가?]

묵룡의 눈이 슬며시 뜨였다. 오늘은 어쩐지 귀찮은 일이 많이 생길 것 같은 날이다.

잠시의 시간이었지만 그래도 조금 기운을 회복했다.

새로이 기운을 켜켜이 쌓아나가는 것에는 시간이 제법 걸리나, 이미 한 번 쌓았던 것을 소모한 후 다시 채우는 것은 순식간이다.

조금 전의 쥐새끼와 싸우느라 소모한 기운은 조금 전 다 회복했다.

다시 새로이 여의주에 기운을 쌓으려 하던 찰나, 다른 쥐새끼가 들어온 듯했다.

'어렵군. 여의주를 만든다는 것은……'

묵룡에게는 첫 번째 여의주였다.

자신의 권능을 담은 구슬.

자신의 기운과 동일한 자연의 순수한 기운을 모아 응집시킨 후 자신의 권능의 씨앗을 담아야 한다.

그렇게 단단한 껍질을 만들어낸 후 지속적으로 자연지기를 불어넣어 여의주를 완성시켜야 한다.

이때 기운을 불어넣는 것이 힘들었다.

단단한 바위산에 커다란 굴을 뚫는 것과 같았다. 한 겹, 한 겹 아주 조금씩 기운의 공간을 만들어 기운을 불어넣어야 했다.

그렇게 한 번 기운이 자리한 곳은 기운이 빠져나가더라도, 다시 채우는 것은 아주 쉬웠다.

하지만 기운의 자리가 없는 곳은 그 자리부터 만들어야 했기에 굉장히 지난한 작업이다.

그렇게 여의주에 기운을 가득 담아 완성을 시키면 그때야 비로소 승천하여 좀 더 강대한 존재로 거듭날 준비가 끝나는 것이다.

묵룡의 고향에는 금기(金氣)가 부족했다.

이유는 자신이 일족에서 마지막으로 승천을 준비하고 있기에, 앞서 다른 이들이 모두 흡수하여 사용했기 때문이었다.

새로이 자연지기 각각의 기운으로 흩어져 차오르는 것을 기다리려면 적어도 몇백 년은 보내야 했기에, 성질이 급한 그는 이곳으로 찾아온 것이다.

이곳이라면 자신의 힘만으로도 강제로 기운을 분해하여 자신이 필요로 하는 금기를 만들어 흡수할 수 있기에.

더군다나 광맥이 발달한 곳이었기에, 산의 기운이 이 자리로 흘러오면서 모두 강한 금기를 추가로 머금게 되는 것까지 계산했다.

그렇게 기다리고 있었으나 아무런 변화가 없었다.

첫 번째 쥐새끼가 왔던 시간보다 조금 더 기다렸으나 근처로 접근하는 존재는 없었다.

묵룡이 고개를 갸웃거릴 때쯤.

묵룡의 눈가가 잘게 떨렸다.

[설마…….]

또 다른 곳의 흡기막(吸氣膜)이 사라졌다.

아까 전 이곳을 빠져나간 쥐새끼의 그 웃음이 떠오르는 것은 우연일까?

그래도 묵룡은 자리를 지켰다.

혹시나 다른 놈들까지 단체로 이곳으로 오려는 것인지도 몰랐으니까.

쥐새끼가 그러지 않았던가.

인간들이 곤란을 겪고 있다고. 한 놈이 뚫고 들어왔기에, 각기 다른 곳에서 다른 놈들도 시도하고 있는지도 몰랐다.

금기가 가장 많이 모이는 곳이 이곳이다. 이곳을 벗어나면 하나의 통로에서 흘러들어 오는 정도만 흡수할 수 있기에 아직은 자리를 지켰다.

세 개의 흡기막이 깨졌다고는 하지만 아직 열세 개가 더 남아 있지 않은가.

네 번째 흡기막이 깨지는 순간, 묵룡은 움직이기로 결심했다.

그 쥐새끼의 그 웃음이 여간 거슬리는 게 아니었기 때문이다.

거대한 용의 동체가 천천히 움직이면서 갱도를 따라 나가기 시작했다.

공중을 날아 매끄럽고도 유연하게 갱도를 지나가고 있었다.

네 번째로 파괴된 흡기막에서 가장 가까운 위치의 흡기막을 향해 빠르게 날아갔다.

네 번째 막을 파괴한 후 홍원은 고개를 갸웃거렸다.

반응이 있으리라 생각한 녀석에게서 아무런 반응이 없었기 때문이다.

홍원의 기감은 거미줄처럼 뻗어 있는 이곳 갱도와 공동 요소요소에 닿아 있었다.

묵룡이 있는 공동 역시 마찬가지였다.

자신이 이 막을 파괴하고 다니면 분명 반응이 있으리라 여겼는데, 아무 움직임이 없었다.

"내가 잘못 생각한 것인가?"

너무 조용하니 불안했다.

이것이 정말로 중요한 것이라면 묵룡에게서 바로 반응이 와야 했다.

일단 계획한 대로 실행하기로 다시 마음을 다잡은 홍원은 다음 목표를 향해 움직이려 했다.

그 찰나.

홍원의 입가에 미소가 떠올랐다.

"움직였군, 역시."

굉장한 속도였다. 놈은 홍원이 다음번에 가려고 하는 곳을 향해 빠른 속도로 날아가고 있었다.

현재 홍원이 있는 곳으로 향하지 않았다.

그것으로 한 가지 사실을 알 수 있었다.

"놈은 나처럼 기감을 자유자재로 사용하지 못하는군. 용이라 하지만 어딘가 부족해. 어쩌면 아직 어린놈일지도 모르겠어."

막의 변고는 느끼는 듯했으나, 딱 그 정도인 듯했다.

자신을 향해 곧장 찾아올 것을 대비해서 계획을 세웠다. 하지만 묵룡이 홍원의 위치를 특정하지 못하는 이상 그 계획을 실행할 이유가 없었다.

일이 더욱 손쉬워졌다.

자신은 상대의 위치와 움직임을 알고 있는데, 상대는 모른다.

압도적으로 유리한 싸움이다.

홍원은 묵룡이 날아가는 곳과 다른 곳의 막을 향해 빠른 속도로 달렸다.

묵룡이 도착한 곳의 흡기막은 멀쩡했다.

정제된 금기가 절로 여의주로 흘러들어 왔다. 하지만 그 양이 너무 작았다.

한 곳으로는 이 정도가 한계였다.

그때, 다른 곳의 흡기막이 하나 더 사라졌다.

"쿠오오오오!"

분노의 울부짖음이 묵룡의 입에서 토해졌다.

그 울음에 갱도가 흔들리고 광산이 흔들렸다.

그리고 갱도를 따라 밖으로 빠져나간 울음소리가 서면 곳곳으로 울려 퍼졌다.

"으악!"

그 소리는 두하족의 사람들 모두에게 영향을 미쳤다.

저마다 깜짝 놀라 바닥에 엎드렸다. 영석 역시 울음소리에 깜짝 놀랐지만 두하족 사람들 정도는 아니었다.

그들은 저 울음에서 공포를 느끼는 듯했다.

"후아……."

한숨을 내쉬며 자신의 팔을 내려다본 영석은 깜짝 놀랐다. 우둘투둘 솟아 있는 소름이 그대로 눈에 들어왔다.

자신 역시 은연중 두려움을 느낀 것이다.

"이게 대체 무슨 일이야?"

영석은 불안한 눈으로 산을 올려다보았다.

폭풍우가 조금 잠잠해진다 싶은 찰나 이런 변고라니.

향산은 여러모로 신비롭고도 무서운 곳이었다. 홍원을 호위무사로 계약해서 함께 오기를 잘했다는 생각이 들었다.

두하족의 마을에 도착할 때까지는 아무 일도 없었지만 나갈 때는 또 모를 일 아닌가.

온갖 이상한 일이 일어나고 있으니 더욱 두려웠다.

묵룡의 울부짖음은 홍원 역시 들었다. 밖으로만 퍼져 나간 것이 아니라, 갱도를 따라 광산 곳곳에도 울려 퍼졌다.

살짝 이는 소름에 홍원은 고개를 끄덕였다.

"용은 용이라 이거지."

사자후와 같은 효과를 보이는 울음소리였다.

의념으로 대화를 하며 상대를 하느라, 저런 울음을 내지를 수 있다는 사실도 깜빡했다.

그와는 상관없이 홍원은 더욱 빠르게 달려 더욱 빠른 속도로 막을 제거했다.

여전히 묵룡은 홍원을 잡아내지 못했다.

그리고 드디어 마지막 하나만 남은 상황. 이제는 묵룡과 마주칠 수밖에 없었다.

묵룡은 마지막 막으로 가는 길의 중간에 길목을 막고 분노로 가득한 눈으로 앞쪽을 바라보았다.

분명 그 쥐새끼가 맞았다.

그놈이 이곳의 흡기막을 모두 파괴하고 다니고 있는 것이다. 정말로 쥐새끼처럼 자신이 있는 곳을 피해서 파괴하고 다녔다. 무슨 수로 그랬는지 알 수 없었지만 이제 그것도 마지막이다.

이곳이 마지막 남은 곳이었으니까.

홍원은 묵룡이 길목을 막은 것을 느꼈다.

하지만 상관없었다. 홍원은 묵룡을 뚫고서 막을 없앨 생각은 추호도 없었다. 길은 다른 곳에도 있었다. 광산 안에만 웅크리고서 밖에서 안으로 들어오는 기운만 받아들이느라 거기에 생각이 미치지 못한 것인지, 아니면 생각보다 멍청한 것인지.

홍원은 열다섯 번째 막을 파괴한 후, 갱도 안으로 들어가지 않았다.

대신 몸을 돌려 갱도 밖으로 나갔다.

갱도를 빠져나오니, 근처에 갑작스러운 변고에 놀라 사람들이 잔뜩 모여 웅성거리는 마을이 있었다.

홍원은 향산의 산등성이를 달렸다.

갑자기 갱도에서 튀어나온 존재에 사람들이 놀란 듯했으나 홍원은 신경 쓰지 않았다.

마지막 남은 막이 있는 광산으로 향했다.

홍원은 이미 광산 안의 기운의 흐름을 모두 읽고 있었기에, 갱도 밖으로 나가 산을 타고 마지막 남은 막이 있는 갱도를 찾는 것은 아주 쉬운 일이었다.

홍원은 그렇게 마지막 남은 갱도 앞에 도착했다.

묵룡의 위치가 느껴졌다.

막과 가까운 위치에서 막을 등지고 있었다.

홍원은 백검강을 끄집어냈다.

굳이 자신이 직접 저곳으로 가서 없앨 이유는 없었다. 일단 이곳에서 마지막 막을 없앤 후 묵룡의 반응에 따라 대처를 달리할 생각이다.

"과연 밖으로 뛰쳐나올까? 다시 안으로 숨을까?"

홍원은 그렇게 중얼거리며 이기어검의 묘리에 따라 백검상을 날렸다.

백검강은 갱도를 따라 빠르게 날아갔다.

홍원이 갱도 안의 기운을 느끼며 조종을 했기에, 앞에 걸리적거리는 것 따위는 없었다.

검은 안개 따위는 아무런 장애가 되지 못했다.

서걱.

백검강은 순식간에 막을 뚫어 없애 버렸다.

마지막 막까지 사라진 것이다. 검은 안개가 뭉클거리며 안으로 흘러들어 갔다.

영기와 정기, 마기가 뒤섞인 기운이다.

전혀 정제되지 못한 날것 그대로의 기운이었다.

"크아아아앙!"

묵룡은 마지막 흡기막이 사라짐을 느끼고 분노에 찬 울음을 터뜨렸다.

향산 서면이 다시 한 번 용울음에 흔들렸다.

묵룡의 두 눈이 번들거리며 빛났다. 분노와 살기가 가득했다.

묵룡이 천천히 뒤를 돌아봤다.

앞에서는 아무것도 없었으니, 뒤에서 수작을 부렸을 것이다.

생각해 보니 이곳의 구멍 곳곳은 산 밖으로 연결되어 있었다. 자신이 너무 멍청했음을 인정할 수밖에 없었다.

한낱 인간 따위에게 이렇게 농락을 당하다니.

역시나 그놈이 사용하던 새하얀 검이 허공에 둥둥 떠 있었다.

당장에라도 뛰쳐나가 그놈을 갈기갈기 찢어버리고 싶었다.

하지만 흡기막을 사용하기 위해 흑무를 뿌려 영역을 만들었기에 그 영역을 벗어날 수는 없었다.

여의주를 완성하고 흑무를 모두 회수한 후에야 이곳을 빠져나갈 수 있다.

그런 제약이 있어 다른 용들은 이런 방법을 쉬이 사용하지 않았다. 그저 성격이 급한 그였기에 몇백 년의 시간을 기다리느니, 이 방법을 사용한 것이다.

감히 세상에 자신을 어찌할 존재 따윈 없다는 자신감이 가득한 덕분이었다.

[네 이놈!!!! 갈기갈기 찢어주마!!! 어서 와라!!!]

분노의 의념이 갱도를 타고 밖으로 퍼져 나갔다. 홍원이 느꼈음은 물론이다.

묵룡은 쥐새끼가 자신을 찾을 수밖에 없음을 확신했다.

처음 자신을 보았을 때 말하지 않았던가.

자신 때문에 광산을 사용하지 못하는 인간들이 곤란해하고 있다고. 즉, 저놈은 이 광산을 다시 사용할 수 있게 하기 위해 이곳에 온 것이다.

결국 자신과 결착을 지어야 할 터.

절대로 곱게 죽이지 않으리라. 자신을 이토록 귀찮게 하다니.

분노와 살기와 짜증을 한껏 흩뿌린 채 묵룡은 드넓은 공동으로 향했다.

그곳에서 그 쥐새끼를 아작아작 씹어 삼키리.

홍원은 묵룡의 움직임을 느꼈다.

'밖으로 나오지 못하는 모양이군.'

홍원이 겪은 묵룡의 힘이라면 넓은 밖이 훨씬 더 유리한데도, 굳이 다시 안으로 들어가는 것을 보면 제약이 있음이 분명했다.

더없이 좋은 조건이었다.

이제는 확신이 들었다. 시간이 좀 걸릴지는 몰라도, 승리하는 것은 자신이다.

홍원은 천천히 갱도로 걸음을 옮겼다. 백검강을 거두어들인 그의 걸음에는 여유가 가득했다.

[왔구나.]

홍원을 마주 본 묵룡의 의념은 살기로 가득 차 있었다.

"이제 다시 해보자고."

홍원이 싱긋 웃으며 말했다. 이곳으로 오는 동안 이미 내공은 모두 회복한 터다.

홍원은 이번에는 시작부터 백검강과 적도강을 모두 발현했다. 이미 한 번 상대의 전투법을 겪지 않았던가.

[내가 이곳을 나의 거처로 만드느라 쏟아부은 심력을 네놈이 모두 날려 버렸어. 제발 죽여달라고 빌게 만들어주마!]

다섯 줄기의 묵강이 날아왔다.

조금 전과는 달랐다.

발톱에서 뻗어 나온 것이 아니라 허공을 날아왔다. 홍원은 두 개는 흑운에 검강을 일으켜 쳐내고 세 개는 허공보를 사용해 피했다.

묵룡은 쉬지 않고 왼발을 휘둘렀고, 그때마다 묵강이 날아왔다.

"쳇, 아까와는 다르다 이거로군."

그럴 거라 예상은 했다. 아까의 싸움은 전초전과 같기에 모든 전력을 드러내지 않았으리라.

하지만 다시 시작하자마자 이런 변화를 모이니, 묵룡이 단단히 화가 난 것 같기는 했다.

백검강과 적도강은 묵룡의 몸통을 노리고 날아다니고 있었으나, 여의주에서 뿜어져 나오는 묵뢰 때문에 번번이 튕겨 나오고 있었다.

홍원이 직접 공격하기 위해 접근하려 할 때마다 묵강이 날아왔다.

그뿐만이 아니었다.

검은 안개마저 형상을 띠더니 강기화되어 사방에서 몰아쳤다.

그야말로 강기의 폭풍이었다.

홍원은 호신강기를 최대로 끌어 올렸다. 단전의 내공이 온몸으로 퍼지면서 단단한 기벽을 형성했다.

천선의 묘리에 따라 흑운이 정신없이 움직였다.

백색 강기를 입은 묵빛 검신이 묵강을 쓸어내는 모습은 그야말로 장관이었다.

자신의 공격이 모두 무위로 돌아감에도 묵룡은 아랑곳하지 않고 공격을 계속했다.

홍원 역시 사방에서 날아드는 강기를 모두 쳐내며 조금씩 묵룡을 향해 다가갔다.

묵강을 날려서 공격하기에는 너무 가까이 접근했다는 판단 때문인지, 묵룡은 다시금 발톱에서 묵강을 뽑아내 홍원을 공격했다.

홍원은 절묘하게 피하고 막으며, 점점 더 묵룡을 향해 접근했다.

안개가 강기로 화해 다가오는 것은 일부는 피하고 일부는 호신강기로 버텼다. 모든 공격을 다 회피하다가는 도저히 묵룡에게 다가갈 수 없다고 판단했기 때문이다.

세 개로 나누어진 의식은 모두 정신없이 바빴다.

묵뢰의 방어벽을 뚫는 것이 여간 어려운 게 아니었기 때문이다.

홍원이 조금 더 접근하자 묵룡이 거대한 몸을 움직이기 시작했다. 공동이 그 움직임에 떨렸다.

역시 이무기와는 차원이 다른 생물이었다.

그럼에도 홍원은 결국 묵룡의 지척에 접근하는 데 성공했다.

그 순간 묵강이 중첩되어 다가왔다. 모두 열 줄기였다.

홍원은 다섯 개는 흑운으로 쳐내고 셋은 피했으나 남은 둘은 어찌할 수 없는 교묘한 틈을 파고들었다.

이미 염두에 두고 있었다.

홍원의 왼 주먹이 권강을 뿌리며 쳐냈다. 불시에 당한 아까와는 달랐다. 이미 대비를 하고 있었기에 마지막 공격을 쳐내고 곧바로 묵룡에게 다가갈 수 있었다.

'이쯤에서 번개가 날아온다.'

여의주의 존재 또한 단단히 의식하고 있었다. 백검강과 적도강으로 상대하고 있지만 또 하나의 묵뢰를 뿜지 못하란 법도 없었다.

아까도 묵뢰를 권강으로 급히 막아내다가 내상을 입지 않았던가.

역시 여의주에서 묵뢰가 뿜어져 나왔다.

홍원은 흑운으로 묵뢰를 쳐내며 빠르게 움직였다.

"큭."

여의주에서 나온 뇌전의 위력은 묵룡의 강기와는 달랐다. 손이 찌르르 울리며 절로 신음이 흘러나왔다.

하지만 그 덕에 드디어 홍원은 묵룡을 자신의 간격 아래에 둘 수 있었다.

온 힘을 다해 검을 내질렀다.

일검에 승부를 결할 수는 없겠지만 적어도 치명상을 입힐 목적이었다.

콰앙!

묵룡의 비늘을 때린 검은 요란한 폭음과 함께 튕겨 나왔다.

어마어마한 반탄력이었다.

"크헉."

미처 예상치 못한 반발이었기에 홍원은 그대로 타격을 입었다.

뒤로 주르륵 밀려나는 홍원의 입가로 가는 선혈이 흘러내렸다.

[큭큭, 고작 그 정도더냐?]

묵룡은 홍원을 바라보며 웃음을 흘렸다.

비늘의 단단함이 상상을 초월했다.

"후우."

홍원은 심호흡을 하며 진탕하는 내부를 진정시켰다. 사방으로 몰려든 기운을 한껏 빨아들였다.

'처음 계획대로 최대한 힘을 빼야겠어.'

비늘의 단단함은 예상 외였다. 하지만 가장 성가신 것은 역시 여의주였다.

그 힘을 모두 빼야 했다.

그렇게 싸움은 장기전으로 돌입했다.

우르릉, 쾅!

번개가 번쩍이고 천둥이 울린다.

어두운 하늘에서 세찬 비바람이 몰아치고 있었다.

벌써 하루 동안 이러고 있다.

두하족의 사람들은 갑작스러운 변고에 어쩔 줄을 몰라 하고 있었다. 이곳에 뿌리를 내린 지 오랜 세월이 흘렀지만 지금껏 이런 적은 단 한 번도 없었다.

영석 역시 불안한 눈으로 내리는 비를 바라보고 있었다.

푸른불꽃 마을로 떠난 홍원이 여전히 아무 소식이 없었기 때문이었다. 그렇다고 영석이 할 수 있는 것은 아무것도 없었다.

그저 홍원도 괜찮을 거라고 믿고 있는 수밖에.

"허어, 이 무슨 조화인지……."

푸른불꽃 마을에서 하늘을 올려다보는 마라카의 안색은 어둡기 그지없었다.

홍원이 갱도로 들어간 이후 이런 이변이 생겼으니 걱정이 절로 들었다.

"그러게 말입니다. 홍원이와 아무 연관이 없는 것이었으면 좋겠습니다……."

타라호의 안색은 더욱 어두웠다.

"날이 이래서 자네도 마을로 돌아가지 못하고 큰일이군. 이럴수록 촌장이 자리를 지켜야 할 텐데."

마라카의 말에 타라호는 고개를 저었다.

"그보다 더 중요한 일이 있지 않습니까?"

타라호의 시선은 홍원이 들어간 광산의 입구로 향했다.

세찬 비에 그 모습이 가려 제대로 보이지도 않았건만 타라호는 하염없이 그곳을 바라보았다.

쿠르르르릉!

그때 땅이 잘게 흔들렸다.

심하지는 않지만 지진이 일어난 것이다. 가재도구도 모두 흔들거렸다. 깜짝 놀란 이들은 바닥에 납작 엎드렸다.

몇 시진 전부터 이렇게 잔지진들이 일어나기 시작했다.

마라카가 이곳에서 태어나 살아온 동안 처음 겪는 일이었다.

지진이라고는 책에서나 보았을 뿐, 다른 세상의 이야기였다.

이미 고인이 되어버린 어르신들의 이야기 어디에도 이곳에서 지진을 겪었다는 것은 없었다.

"괜찮겠지요?"

하만이 걱정스레 중얼거렸다.

그도 두려움을 느끼고 있었다. 인간이라면 갑작스러운 변고에 반응하는 당연한 모습이었다.

"괜찮아야지."

마라카가 걱정 가득한 목소리로 답했다.

그가 진정으로 걱정하는 것은 지진이었다. 왠지 이 지진은 커다란 지진이 오기 전의 전조 현상 같다는 불길한 예감이 계속 들었기 때문이었다.

시간이 얼마나 흘렀을까?

"헉헉헉."

홍원이 거친 숨을 몰아쉬었다.

묵룡 역시 세찬 숨을 뿜어내고 있었다.

둘은 서로를 마주 보고 있었다. 지겹고도 지겨웠다. 똑같은 공방의 반복이었다.

이러기를 벌써 하루다.

그랬기에 이제는 거의 습관적으로 공격하고 방어했다.

묵강이 날고, 백검강이 찌르며, 뇌전으로 막고, 적검강이 베어 온다.

날아드는 묵강을 피하고 묵룡의 몸통을 베었다가 반탄력에 뒤로 물러난다.

쉼 없이 반복했다.

홍원의 몸은 땀으로 흠뻑 젖어 있었다.

[대단하군… 벌써 지쳐 나가떨어져도 백 번은 그랬어야 하거늘……]

묵룡의 의념에 은근한 감탄이 서려 있었다.

오랜 시간의 공방이 어느새 홍원을 향한 분노마저 잦아들게 만든 것이다.

몰려드는 기운도 이제 상당히 줄어 있었다.

갱도로 나가면 아마 안개도 많이 옅어졌으리라. 그래도 홍원은 여전히 내공이 충만했다.

그러나 심적으로 체력적으로 지치는 것은 어쩔 수 없었다.

내공은 만능이었으나, 전능은 아니었다.

홍원이 피로를 느끼는 것마저 완벽하게 지워주지는 못한 것이다.

'앞으로 하루 정도가 한계겠군.'

지금 같은 집중력을 유지하면서 전력으로 싸울 수 있는 시간이 가늠이 되었다.

이것은 스스로에 대한 냉정한 평가였다.

무공을 익힌 이후 지금처럼 싸워본 것도 처음이었다.

이렇게 대등한 싸움을 할 상대가 없었던 탓이다.

덕분에 홍원의 실력은 알게 모르게 조금씩 늘고 있었다. 실전에서의 천선의 사용에 대한 개념도 새로이 정립하고 있었다.

묵룡은 분명 홍원에게 값진 광맥이었다.

물론 그를 쓰러뜨렸을 때에야, 완전히 채굴할 수 있다.

"네놈이야말로 대단하군. 설마 이렇게 오랫동안 지치지 않을 줄은 몰랐어. 안개로 이제는 많이 옅어진 것 같은데."

[놀랍군. 안개에 대해 알고 있었나?]

홍원의 말에 묵룡은 의외라는 표정을 지었다. 홍원은 그런 묵룡의 반응에 어이가 없었다.

"대체 내가 왜 그 복잡한 갱도를 돌아다니면서 벽을 부쉈다고 생각한 거냐? 네놈, 용이라면서 생각보다 훨씬 멍청하군."

[네놈…….]

홍원의 말에 묵룡은 으르렁거렸다.

이미 오랜 싸움으로 울음을 토할 기력이 없었다. 아니, 이제 홍원에게 익숙해져 겨우 그 정도로 분노를 토하지 않게 된 것인지도 모른다.

홍원이 다시 흑운을 바로 세웠다. 백검강과 적도강도 묵룡을 향해 그 기세를 날카로이 벼렸다.

"계속해야지?"

홍원의 말에 묵룡의 발톱에서 묵강이 줄기줄기 솟아올랐다.

막 발을 떼려던 홍원이 흠칫했다.

묵룡의 행동에 변화가 생겼기 때문이다.

오른발에 꽉 쥐고 있던 여의주를 놓았다. 여의주는 허공을 둥둥 날아 용의 입으로 들어갔다.

묵룡은 입에 여의주를 물었다.

그리고 오른발에도 다섯 줄기의 묵강이 솟아올랐다.

이번에야말로 끝장을 내겠다는 모습이었다.

묵룡은 홍원이 자신이 만든 검은 안개와 흡기막에 대해 알고 있다고 판단하자 결국 모든 전력을 다하기로 마음먹은 것이다.

지난 삼 개월의 시간이 아무것도 아니게 되는 것이지만 어쩔 수 없었다.

저놈을 빨리 처리하는 게 먼저였다.

지금까지의 싸움으로 봐서 쥐새끼로 폄하할 놈이 아니었다. 전력을 다해 단번에 죽여야 할 놈이었다.

홍원은 그런 묵룡의 입에 물린 여의주를 자세히 바라보았다.

'확실히 기운을 많이 소모하기는 했어.'

빛이 많이 바래 있었다.

묵룡은 아직 홍원이 여의주에 담긴 힘을 가늠할 수 있다는 것을 몰랐다.

'자, 이제 어떻게 나올 거냐?'

홍원은 신중히 한 발, 한 발 앞으로 나갔다.

이제까지의 싸움과는 전혀 다른 싸움이 펼쳐질 것을 대비했다.

묵룡이 양발을 휘둘렀다.

도합 열 개의 묵강이 날아왔다. 홍원은 재빨리 모든 묵강을 쳐냈다.

그 순간 묵뢰가 날아들었다.

허공보의 보법을 밟아 묵뢰를 피했다 싶은 순간, 재차 묵뢰가 날아들었다.

입에 물고 있는 여의주뿐만 아니라, 머리의 뿔에서도 묵뢰가 뻗어 나온 것이다.

여의주를 손에 쥐고 있는 것과 입에 물고 있는 것은 그 효용이 다른 듯했다.

비늘도 은은한 광택을 뿌리고 있었다.

'전력을 다하려면 여의주를 입에 물어야 하는 건가?'

홍원은 그 모습에 의문을 가졌으나, 그보다 바쁘게 움직였다.

천선심법은 더욱 가열 차게 사방의 기운을 끌어모았다.

차오르기 바쁘게 바로 내공을 소모해서 홍원은 미처 느끼지 못하고 있었지만 단전은 조금씩 더 커지고 단단해지고 있었다.

홍원이 언제 이렇게 극도의 내공 소모를 겪은 적이 있었던가.

묵룡과의 싸움이 곧 최상의 수련이 되고 있었다.

허공으로 날아오른 묵룡의 꼬리가 홍원을 향해 떨어졌다.

쾅!

요란한 소리와 함께 돌가루가 사방으로 튀었다.

공격 방법이 또 하나 늘어난 것이다.

이것이야말로 용이 보여줄 수 있는 전력을 다한 전투 같았다.

홍원은 더욱 바빠졌다. 공격이 다양해진 만큼 읽어야 할 수가 훨씬 늘어났다.

바쁘게 움직이는 적도강과 백검강은 여전히 묵룡의 묵뢰에 막혀 있었다.

묵룡이 움직이기 시작한 이후 묵룡의 본체에 접근하기가 더용이해진 것은 의외의 결과였다.

그러나 여전히 비늘은 단단했다.

검강을 최대치로 끌어낸 흑운으로 아무리 두드려도 비늘에 상처 하나 나지 않았다.

검강으로 상처조차 내지 못한다니.

과연 이것을 어찌 받아들여야 할까.

'검강으로도 어찌하지 못한다라… 그럼 검강보다 더 단단하고 예리한 무언가가 필요하다는 건데……'

과연 그런 것이 있을까?

무공의 극에 이른 것이나 다름없다 하는 강기마저 모두 막아내는 비늘을 상대해야 하다니.

도무지 뚫리지 않는 비늘에 막막함을 느꼈지만 반면 좋은 소식도 있었다.

묵룡의 입에 물린 여의주의 빛이 바래지는 속도가 점점 빨라지고 있었다.

아무래도 입에 물고 사용하면 기운의 소모가 훨씬 큰 듯했다.

'그랬으니 이제야 이러는 것이겠지.'

묵룡도 최후의 한 수를 꺼내 든 것이다.

"크오오오오!"

묵룡의 울음이 공동에 울렸다.

홍원은 아랑곳하지 않고 더욱 빠르게 움직였다. 비늘을 뚫을 수 없다면 공격할 수 있는 곳은 극히 제한적이다.

입속이나, 눈.

그 둘뿐인 것이다.

'아, 역린(逆鱗)이라는 것이 있다던가?'

홍원은 자신이 알고 있는 용의 전설을 떠올렸다. 용의 턱 아래에 있다는 거꾸로 난 단 하나의 비늘.

그것을 건드리면 용의 극렬한 분노가 떨어진다 했다.

'분명 약점이니 그런 것이겠지.'

홍원은 혹시나 하는 심정으로 묵룡의 목 아래 부분을 바라보았다.

공동 곳곳을 누비며 공격을 하는 덕에 오히려 가만히 있을 때보다 살펴보기가 수월했다.

새하얀 점이 하나 보였다.

온몸이 시꺼먼 가운데 턱 아래 딱 하나의 점.

그곳에 하얀빛이 나고 있었다.

아주 작은 점이었지만 암흑 속의 순백의 점인지라 금세 눈에 띠었다.

"왜 지금까지 몰랐지?"

너무 허탈했기에 홍원은 고개를 저으며 자신도 모르게 낮게
중얼거렸다.

순간 홍원은 흠칫했다.

그 바람에 그만 묵룡의 꼬리 공격을 피하지 못한 것이다.

"크헉."

호신강기를 극성으로 펼치고 있던 덕에 치명상은 피했지만
온몸을 울리는 통증은 어쩔 수 없었다.

"후우."

재빨리 뒤로 물러서며 호흡을 가다듬었다.

홍원은 지금 정신이 없었다. 방금 묵룡의 역린으로 추측되
는 것을 발견하고 떠오른 생각 때문이다.

때문에 홍원의 공격이 무뎌졌다.

빈틈이 있을라 치면 날카롭게 날아오던 백검강과 적도강의
움직임이 느려진 것을 묵룡이 눈치챘다.

[클클클, 드디어 죽을 때가 된 것이냐?]

묵룡의 의념이 홍원의 머리에 울렸지만 홍원은 아랑곳하지
않았다.

방금 떠오른 생각을 정리하는 것이 더 급했기 때문이다.

'존재를 인식하기 전에는 분명히 존재함에도 미처 그것을 발
견하지 못했었다.'

묵룡의 역린으로 보이는 그것이 없다가 갑자기 나타났을 리

는 없었다.

홍원이 그 존재를 모르고 미처 신경 쓰지 못했기에 눈에 들어오지 않았던 것이다.

'그러면 검강은?'

홍원은 의문을 품었다.

'검강보다 단단하고 예리한 그 어떤 것. 과연 없는 걸까? 검강이 과연 마지막일까?'

존재의 유무에 그 의문이 미쳤다.

홍원의 내공의 움직임이 변했다.

구형의 강기막이 생겨나면서 홍원을 감쌌다. 홍원은 두 눈을 반개했다.

심상 속으로 빠져 들어간 것이다.

홍원이 심상 깊은 곳으로 내려가면 내려갈수록 구형의 강기막은 더욱 단단해졌다.

묵룡의 묵강과 묵뢰를 모두 막아낼 정도로.

[네놈! 뭐 하는 수작이냐!]

묵룡은 그 모습에서 불길함을 느꼈다.

머리로 들이받고, 꼬리로 후려쳤으나 꼼짝도 하지 않았다.

'강기보다 단단하고 강기보다 예리한 것.'

홍원은 의문을 품은 존재를 찾았다.

하지만 찾을 수 없었다.

'존재하지 않는다면 만든다.'

홍원이 마음먹는 순간 두 눈이 번쩍 뜨였다.

그리고 흑운을 향해 막대한 내공이 흘러들어 가기 시작했다.

새하얀 강기가 더욱 하얗게 변했다. 너무나 하얀 빛깔은 홀로 빛을 발해 미처 쳐다보지도 못할 정도로 밝았다.

더할 수 없을 만큼 밝아졌다 싶은 순간, 이제는 강기가 반투명해지기 시작하면서 응축되기 시작했다.

'놈의 여의주처럼.'

존재하지 않지만 존재할 거라 믿는 것을 스스로 만들고 있었다.

홍원은 그 순간 묵룡의 입에 물린 여의주를 떠올렸다.

응축된 기운이 검끝으로 몰려갔다.

그렇게 생긴 아주 작은 구슬이 검극에 맺혔다.

홍원이 묵룡을 바라보았다.

묵룡도 홍원을 마주 보았다. 묵룡의 노란 눈이 잘게 떨렸다.

홍원의 검극에 맺힌 작은 구슬이 매우 불길해 보인 탓이다.

홍원의 입가에 미소가 떠올랐다. 그렇게 기분 나쁜 웃음은 처음 본 묵룡이다.

어느새 홍원을 감싸 보호하고 있던 강기막이 사라졌다.

홍원이 흑운을 휘두르는 순간, 작은 구슬이 묵룡을 향해 날아갔다.

그 움직임은 느릿느릿했다.

그저 날려 보낸 것이 아니라, 이기어검의 묘를 이용해서 묵룡을 노리고 날린 것이었다.

담긴 기운이 크다 보니 제어하는 데 어려움이 따랐다.

묵룡의 입에 물린 여의주에서 묵뢰가 날아왔다.

쾅!

요란한 소리가 울렸으나 그 구슬은 멀쩡히 묵룡을 향해 날아가고 있었다.

묵룡의 눈가가 세차게 떨렸다.

처음 겪는 일이었다.

미증유의 두려움이 아주 조금씩 피어오르기 시작했다.

묵룡은 발악하듯이 뇌전을 쏘아댔다.

여의주에서, 뿔에서 검은 번개가 쉬지 않고 날아와 구슬을 때렸다.

그러나 구슬은 꿋꿋이 묵룡을 향해 나갈 뿐이다.

쾅! 콰쾅! 쾅!

요란한 폭음이 공동을 울릴 뿐이었다.

이윽고 구슬이 지척에 다다랐을 때, 묵룡은 세차게 움직이며 회피를 택했다.

처음 있는 일이었다.

그즈음 홍원 역시 구슬의 제어에 익숙해졌기에 그 속도가 조금 더 빨라졌다.

하지만 묵룡의 빠른 움직임을 잡지 못했다.

원래 노렸던 곳과는 다르게 꼬리 부근에 구슬이 격중했다.

쾅!

요란한 폭음이 다시 한 번 울렸다.

"쿠오오오오오오오오!!!!"

그와 동시에 묵룡의 거친 울음이 공동을 가득 채우다 못해 떨어 울렸다.

그것은 지금까지와는 전혀 다른 울음이었다.

고통이 가득한 울음이었다.

홍원의 입가에 미소가 다시 한 번 떠올랐다. 이렇게 또 한 단계 앞으로 나아간 것이다.

단전의 기운이 삼분지 일은 사라졌다.

구슬이 생성되는 순간, 어느새 백검강과 적도강도 사라진 채였다.

공동을 가득 채웠던 향산의 기운도 어느새 희미해져 있었다.

그 희미해진 기운을 천선심법은 다시 한 번 탐욕스레 먹어치웠다.

단전의 내공이 빠른 속도로 채워졌다.

묵룡의 꼬리 부분이 크게 파여 있었다. 그곳에서 붉은 피가 쉬지 않고 뿜어져 나왔다.

"됐군."

홍원은 고개를 끄덕였다.

다시금 검극에 구슬이 생성되었다.

"강기를 응집시킨 구슬이니 강환(罡丸)이라 부르면 될 듯한데."

홍원이 검극의 반투명한 하얀 구슬을 바라보았다.

다시 한 번 검을 흔들자 강환은 묵룡을 향해 곧장 날아갔다. 아까보다 좀 더 빨라졌다.

묵룡은 그 모습을 두려움 가득한 눈으로 바라보았다.

여의주와 뿔에서 쉬지 않고 묵뢰가 쏘아져 나갔지만 강환은 아무런 타격도 입지 않았다.

방금 묵룡은 태어난 이후 처음으로 고통이라는 것을 느꼈다.

너무나 괴로운 감각이다.

지금도 지속적으로 전해지는 고통에 미칠 것만 같았다.

이런 감각이 있을 줄은 꿈에도 몰랐다.

그곳으로 빠져나가는 피는 기운을 움직여 막았지만 고통은 어떻게 할 수 없었다.

저 구슬이 몸에 부딪히면 또다시 그 감각이 자신을 덮칠 것이다.

묵룡은 극도의 공포를 느꼈다.

그럴 수는 없었다.

묵룡은 자신이 낼 수 있는 최강의 공격으로 구슬을 부수리라 마음먹었고, 그 순간 입에 물고 있던 여의주를 강환을 향해 날렸다.

곧장 강환을 향해 날아간 여의주는 곧 강환과 충돌했다.

콰콰콰콰쾅!!!!

엄청난 폭음과 함께 거대한 폭풍이 일어나 홍원과 묵룡을 휩쓸었다.

홍원은 강기를 일으키고 양팔로 폭풍을 막았다.

어마어마한 기운의 폭풍이었다.

두 구슬에 담긴 기운이 그만큼 어마어마하다는 반증이었다.

허공에 고고히 떠 있는 것은 여의주였다.

홍원의 강환은 흔적도 없이 사라졌다.

결국 이 폭풍은 강환의 폭발의 여파였던 것이다.

그럼에도 홍원의 얼굴은 밝았다.

여의주의 색이 눈에 띄게 변해 있었다. 이번 충돌로 여의주도 그만큼 기운의 소모가 있었다는 뜻이었다.

두 번의 강환의 사용으로 홍원은 새로운 무기에 대한 감을 잡을 수 있었다.

그와 동시에 흑운에 검강이 입혀졌다.

그러나 지금까지와는 다른 빛깔이었다. 반투명한 검강이다.

강환으로 응집되기 전의 검강.

다시금 모습을 드러내는 백검강과 적도강의 빛깔 역시 반투명해져 있었다.

"강환은 강하긴 한데, 지금으로서는 기운의 낭비야. 이 정도가 딱 좋겠군."

홍원은 묵룡을 향해 몸을 날렸다.

"쿠오오오!"

묵룡이 온몸을 움직이며 홍원의 접근을 막으려 했다.

그러나 이전과는 달랐다.

아무리 베어도 꿈쩍도 안 하던 묵룡의 비늘에 상처가 나기 시작했다.

"쿠오오! 쿠오!"

그때마다 묵룡은 고통에 몸부림쳤다.

묵강과 묵뢰가 사방으로 난사되었으나 홍원의 옷자락조차 스치지 못했다.

지금의 묵강과 묵뢰는 그저 발악에 불과할 뿐이었다.

백검강과 적도강도 묵룡의 몸에 상처를 내기 시작했다.

점점 더 홍원이 우세해져 가고 있었다.

[네놈! 네놈!]

아무 의미 없는 의념이 홍원에게 전해졌다. 홍원은 아랑곳하지 않고 묵룡을 공격할 뿐이다.

사실 홍원도 아슬아슬했다.

이미 이 공간의 기운은 모두 흡수했다.

더 이상 남은 기운도 없었다.

지금 소모되고 있는 내공의 양은 천선심법의 공능으로도 즉각 채워지지 않을 정도였다.

이전까지는 묵룡이 끌어모은 기운이 있었기에 문제가 안 되었지만 지금은 달랐다.

어느새 갱도를 채우고 있던 검은 안개도 모두 사라지고 없었다.

그렇게 곳곳에 상처를 입은 묵룡의 여의주도 이제 그 빛깔을 완전히 잃었다.

그저 반투명한 구슬처럼 변하더니, 백검강과 적도강과 충돌한 순간 그대로 깨져 버렸다.

"크아아아아아아악!"

여의주의 파괴는 묵룡에게 또 다른 극심한 타격을 준 듯, 그는 거대한 동체로 세찬 몸부림을 치며 울부짖었다.

그 순간 홍원의 두 눈에 턱 아래의 하얀 점이 훤히 드러났다.

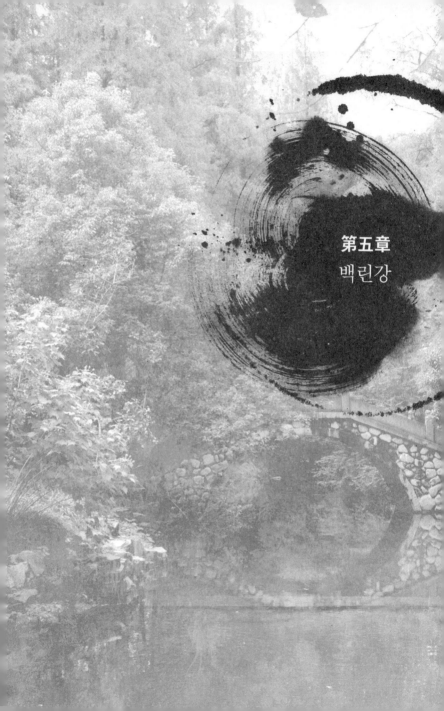

第五章
백린강

"쿨럭."

홍원이 피를 토했다.

여의주를 깨뜨린 반탄력에 백검강과 적도강이 그대로 소멸되었고, 그 여파가 홍원에게까지 미친 것이다.

이번 충격은 제법 컸다.

가뜩이나 전력을 다하고 있던 터에 강타한 충격이었기 때문이다.

눈앞에 묵룡의 역린이 보였다.

그야말로 이제 마지막 남은 기운을 짜내야 할 판이다.

그나마 있던 내공은 방금 전의 타격에 모두 날아가 버렸다.

[네놈! 네놈!!!]

그때 분노와 고통에 가득 찬 묵룡의 의념이 다시 한 번 홍원의 머리를 울렸다.

홍원이 묵룡을 바라보았다. 묵룡의 눈과 마주쳤다.

여의주가 파괴된 충격 때문인지, 눈빛이 많이 탁해져 있었다.

홍원은 묵룡의 눈을 피하지 않았다. 정확히는 턱 아래에 향해 있었다.

역린.

그곳을 노려야 할 듯했다.

[그, 그렇군…….]

그때 묵룡의 의념이 다시 한 번 홍원의 머리로 날아들었다.

충격에서 어느 정도 벗어난 듯했다.

[네놈이었어.]

이어서 들린 의념은 무언가 다른 내용을 담고 있었다.

"무슨 말이지?"

홍원은 물을 수밖에 없었다.

[이제야 알아보다니. 네놈이었어. 아니, 네놈 때문이었어. 네놈이 뒤틀림이로구나!]

알 수 없는 말이었다.

뒤틀림이라니. 무슨 의미란 말인가.

[네놈 때문에 이곳으로 왔건만 네놈 때문에 모든 것을 잃다니!!!]

용의 의념은 원망과 분노로 가득했다.

홍원은 영문을 알 수 없었다. 그러나 그 덕에 한 줌의 기운을 모을 수 있었다.

"뒤틀림이라니, 무슨 의미지?"

홍원이 물었다. 그러나 묵룡은 답하지 않았다.

묵룡은 눈앞의 존재에게 뒤틀림이란 것에 대해 알려줄 마음이 없었다. 자신을 이리도 괴롭힌 존재에게 무엇 하러 그 의문을 풀어준단 말인가.

자신의 존재에 대해서도 잘 모르는 듯한데.

과연 자신의 존재에 대해 제대로 알게 되면 얼마나 더 강해질지도 모르는데.

묵룡은 구태여 그런 일을 하고 싶지 않았다.

한참 동안 홍원을 바라보던 묵룡은 이곳을 떠나야겠다고 마음먹었다.

그간의 노력이 모두 수포로 돌아갔지만 어쩔 수 없었다.

눈앞에 있는 존재는 뒤틀림의 존재다. 그랬기에 자신과 대등하게 싸우고, 자신의 여의주를 파괴한 것이다.

이곳에서 저 존재와 계속 싸워봐야 얻을 것이 없었다. 결국 수백 년을 기다려야 할 것 같았다.

꼬리 부분의 통증이 계속해서 괴롭혔다. 당장에라도 끊어질 것만 같았다.

홍원으로서는 그런 묵룡의 내심을 알 리 없었다. 그저 묵룡이 잠시 진정해서 시간을 보내는 사이, 모인 기운을 사용할 준비를 할 뿐이다.

알 수 없는 말만 할 뿐, 자신의 물음에 답하지도 않았다.

숨통을 끊어놓지 않으면 어떤 후환이 있을 줄 모르는 일 아니던가.

"네놈이 무슨 말을 하는지 모르겠군. 이제 그만 이 힘든 싸움을 끝내지."

그 말과 함께 홍원은 자신을 내려다보는 묵룡을 향해 흑운을 던졌다.

마지막 남은 내공을 이용해 이기어검의 수법으로 검을 날렸다.

그 모습에 깜짝 놀란 묵룡이 피하려 몸을 움직였지만 흑운은 묵룡의 역린으로 보이는 하얀 점을 그대로 꿰뚫었다.

"크아아아아아아악!!!"

갑작스러운 공격에 묵룡은 더욱 세차게 몸부림 쳤다.

그야말로 반쯤 미친 것 같았다. 역린이 파괴당한 충격은 그 정도로 막대했다.

여기저기 공동이 파괴되며 바위가 떨어졌다.

그 몸부림에 심한 상처를 입었던 꼬리 부분이 떨어져 나갔으나, 그것도 느끼지 못하는 듯했다.

'역린이 맞았어.'

묵룡의 반응에 홍원은 고개를 끄덕였다. 이제 서 있는 것도 겨우였다.

천선심법이 주변의 기운을 세차게 흡수하고 있었지만 내상을 수복하는 것만으로도 벅찼다.

지금 이때에 마지막 일격 날려 묵룡의 숨을 끊어야 했건만 그럴 여력이 없었다.

아니, 사실은 최후의 일격이라 생각하고 날린 흑운이었다. 그것으로도 숨을 끊지 못한 것이다.

용이란 존재는 역시 대단했다.

챙강!

묵룡의 세찬 움직임에 흑운이 묵룡의 몸에서 빠져나와 떨어졌다.

묵룡은 이미 눈이 반쯤 돌아가 버렸다.

극심한 고통에 이성을 잃어버린 것이다. 이성의 자리를 차지한 것은 극도의 공포였다.

마지막 생각이 영향을 미쳤다. 돌아가서 다시 기운을 모으자고 마음먹은 순간.

그 생각이 묵룡을 지배했다.

묵룡은 어떻게든 이곳을 벗어나야 한다는 생각에 이리저리 머리를 처박고 있었다.

쾅! 쾅! 쾅!

그때마다 요란한 소리가 울리며 바위가 떨어져 내렸다.

마침내 갱도 하나를 찾아낸 묵룡은 그곳으로 빠져나갔다.

그 모습에 홍원은 당황했다.

저대로 마을로 빠져나갔다가는 마을 사람들이 큰 화를 입을지도 몰랐기 때문이다.

홍원은 서둘러 흑운을 집어 들고 모든 힘을 쥐어짜 그 뒤를 쫓았다.

기감으로 추적하지 않아도 묵룡이 지나간 자리는 그 흔적이 고스란히 남아 있었다.

홍원은 그야말로 천선심법이 흡수하는 기운을 바로 쥐어짜듯 사용해 허공보를 펼쳐 묵룡의 뒤를 쫓았다.

묵룡은 그런 홍원의 기척을 아는지 모르는지 여전히 울부짖으며 여기저기 부딪히며 갱도를 빠져나갔다.

이윽고 갱도의 출구를 빠져나오자 묵룡은 하늘로 날아올랐다.

그 직후 홍원이 막 그 뒤를 쫓아 갱도를 빠져나왔다.

우연의 일치인지, 푸른불꽃 마을의 광산 입구였다.

"쿠오오오오오오!!!!!"

묵룡은 커다란 울부짖음을 향산 곳곳에 떨치며 하늘 높이 치솟았다.

떨어져 나간 꼬리 부분의 상처에서 사방으로 붉은 피가 흩뿌려졌지만 묵룡은 그 사실을 느끼지도 못하는 것 같았다.

홍원은 긴장한 얼굴로 그런 묵룡을 바라보았다.

하늘을 자유롭게 나는 묵룡을 어찌할 방법이 없었기 때문이다.

한 가지 방법이라면 백검강과 적도강이었으나, 지금은 사용할 내공이 없었다.

그러나 묵룡은 더 이상 싸울 마음이 없는 듯했다.

그대로 향산 주변을 따라 거대한 울음을 흩뿌리며 휘도는 듯하더니 시야 밖으로 사라졌다.

멀리 아스라이 들려오는 울음만이 묵룡이 하늘을 날고 있음을 알려줬다.

하지만 그도 얼마 후 사라졌다.

"후우."

홍원은 그제야 안도의 한숨을 쉬었다.

그리고 그대로 그 자리에 풀썩 주저앉았다. 그야말로 서 있을 힘도 없었다.

홍원은 힘없이 앉아 크게 심호흡을 했다.

조금이라도 빨리 기운을 회복해야 했다.

멀찍이 보이는 마을의 모습은 그야말로 초토화된 듯했다.

갑자기 광산에서 용이 튀어나와 울부짖으며 날아갔으니, 그 공포가 오죽하랴.

아무런 피해가 없었음에도 그 사실만으로도 두하족의 사람들은 그저 기절이라도 한 듯 넋이 나가 있었다.

그것은 마라카와 타라호, 하만 역시 마찬가지였다.

다른 마을도 별반 사정이 다르지 않았다.

서면에 있는 마을이라면 누구나 용의 모습을 볼 수 있었고, 그 울음을 들을 수 있었다.

영석 역시 바닥에 주저앉아 멍한 얼굴을 하고 있었다.

"요, 요, 용이… 저, 정말… 정말로… 있었어……."

벌벌 떨면서 간신히 그렇게 중얼거리고 있었다.

홍원은 기감을 최대한 넓혔다.

더 이상 묵룡의 흔적은 찾을 수가 없었다. 저렇게 사라진 녀석이 어찌 될지 알 수 없었다.

치명상을 입힌 것 같기는 했으나, 직접 숨을 끊지 못했기에 일말의 불안감이 남아 있었다.

하지만 달리 방법이 없었다.

그렇게 체념하려는 순간, 다시금 묵룡의 기척이 살짝 느껴졌다가 사라졌다.

'향산을 빙글빙글 돌고 있다?'

홍원의 기감에 걸린 묵룡의 움직임이 그랬다. 그렇게 드문드문 기감에 걸렸다.

그 위치가 점점 위쪽으로 이동했다.

어느 순간 중심 쪽으로 향하는 듯한 움직임을 마지막으로 묵룡의 기척은 더 이상 느낄 수가 없었다.

홍원의 시선이 향산의 최고봉으로 향했다.

'향산의 중심······.'

홍원의 생각은 거기까지만 이어졌다.

긴장이 완전히 풀리자, 그간의 피곤이 몰려오면서 그대로 정신을 잃었다.

홍원이 정신을 차린 것은 그로부터 정확히 하루가 지난 후였다.

홍원이 눈을 뜬 곳은 하만의 집 침상 위였다.

"괜찮은가?"

눈을 뜨자마자 하만의 목소리가 들렸다.

홍원이 주위를 둘러보았다. 그곳에는 하만은 물론이고 마라카와 타라호가 걱정스러운 얼굴로 홍원을 지켜보고 있었다.

"괜찮습니다……."

홍원이 입술을 달싹이며 대답했다. 목소리가 갈라져서 나왔다. 내상의 여파인 듯했다.

홍원은 잠시 자신의 내부를 살폈다.

정신을 잃고 많은 시간이 지나지는 않은 듯, 아직 내부는 엉망이었다.

그나마 천선심법이 쉬지 않고 움직이며 내상을 치유하는 중이었다.

"제가 얼마나 쓰러져 있었습니까?"

홍원이 갈라진 목소리로 물었다.

"용이 날아가고 딱 하루 만에 깬 거라네."

마라카의 말에 홍원은 고개를 끄덕였다. 예상대로였다.

"우리 광산에서 용이 나오다니… 그러면 지금까지 그 용 때문에 광산이 막혔던 것이란 말인가?"

마라카의 물음에 홍원은 그저 고개를 끄덕였다. 그런 홍원의 대답에 세 사람의 얼굴은 경악으로 물들었다.

그때, 생각이 미친 듯 하만이 놀라서 외쳤다.

"그럼 자네가 광산에 들어가서 하루가 넘도록 있었던 것이 그 용 때문이었나? 용이란 싸운 건가?"

하만의 외침에 마라카와 타라호는 입을 쩍 벌리고는 아무 말도 못 했다.

자신들은 용이 나타나 날아오르는 모습만 보고도 겁에 질려 쓰러지다시피 하지 않았던가.

"그렇습니다."

홍원의 대답에 세 사람은 말을 잇지 못했다.

"자네… 정말 대단하군… 사람이 아닌 것 같으이……."

한참 후, 마라카가 겨우 꺼낸 말이다.

"한데 용이 다시 오지는 않겠는가?"

하만이 걱정스러운 얼굴로 물었다. 그들은 용이 어떤 상태로 날아갔는지 알 도리가 없었다.

용이 몸부림치며 날 때, 떨어진 붉은 피도 용의 피라고는 생각도 못 하고 있었으니.

"아마 그럴 일은 없을 것 같습니다."

홍원은 확신에 가까운 예감을 했다. 처음에는 걱정을 했으나 중심 쪽으로 날아가는 기척에서 그런 강렬한 예감이 든 것이다.

"허어……."

타라호와 마라카는 한숨을 내쉬었다.

그나마 이 사실에 제정신을 유지하는 이는 하만뿐이었다.

"그러면 우리가 광산에 들어가지 못한 것이 그 용 때문이었나?"

"그렇습니다. 길을 막고 기운을 모으고 있더군요……."

"흐음……."

홍원의 대답에 신음이 절로 나왔다.

지금 생각하니 절로 식은땀이 흘렀다. 그렇다면 세 달에 이르는 시간 동안 자신들은 용을 지척에 두고 살았다는 것 아닌가.

"그래도 자네 덕에 다행히 용을 쫓아냈구만."

마라카의 말이었다.

이제 돌아오지 않는다 하니 마음이 놓이기도 하였다.

그렇게 홍원은 하루 더 침상에서 몸을 추슬렀다.

다음 날.

홍원은 다시 광산을 찾았다.

묵룡과 격전을 치렀던 곳으로 향했다.

그곳의 상태는 처참했다.

곳곳이 망가지고 부서져 있었다. 자신과 묵룡의 긴 격전의 흔적이 고스란히 남아 있었다.

"엄청났군……."

이렇게 다시 보니 그런 말이 절로 나왔다.

"응?"

그때 홍원의 눈이 띄는 게 있었다.

묵룡의 꼬리였다.

홍원은 그것을 집어 들었다. 강환에 입었던 상처 때문에 마지막 순간에 떨어진 듯했다.

그 부분의 크기만 해도 홍원의 덩치만 했다.

비늘 하나하나가 금기를 가득 머금고 있었다.

"이러니 그토록 금기만을 먹어치운 것인가?"

자신의 검강이 튕겨 나올 만했다는 생각이 드는 비늘이었다.

홍원은 그것을 들고 몸을 돌렸다.

광산 곳곳에 다시금 기운이 들어차고 있었다. 묵룡에 의해 뒤틀렸던 것들이 제자리를 찾고 있었다.

그때 홍원의 머리에 묵룡의 말이 스치고 지나갔다.

'뒤틀림? 대체 무슨 의미지?'

걸음을 옮기며 홍원은 고개를 갸웃거렸다.

그리고 조금 더 대화를 해볼 것을 그랬나 하는 생각도 들었다. 하나 이내 고개를 저었다.

당시 묵룡은 전혀 대답해 줄 마음이 없어 보였으니까.

다만 마지막 공격은 지금 생각하니 조금 마음에 걸렸다. 그때는 자신 역시 남은 힘이 거의 없었기에 어떻게든 묵룡을 쓰러뜨려야 한다는 생각밖에 없었다.

'어쩌면 그때 이미 싸울 생각을 접었는지도……'

문득 그런 생각이 들었을 때쯤, 홍원은 갱도를 빠져나왔다.

멀리 향산의 우뚝 솟은 봉우리가 보였다.

"향산의 중심……."

홍원은 낮게 중얼거렸다.

묵룡이 날아간 곳이다.

어쩌면 언젠가는 저곳을 가봐야 할지도 모르겠다고 생각했다.

뒤틀림이라는 그 말에 대한 답을 찾으러.

*　　　　*　　　　*

묵룡이 사라지고 나흘의 시간이 흘렀다.

그동안 두하족의 사람들은 좀처럼 광산으로 들어가지 않았다. 광산을 막고 있던 문제가 모두 해결되었음에도 말이다.

이유는 하나였다.

용.

용이 나왔던 광산에 대한 두려움으로 쉬이 들어가지 못하고 있는 것이었다.

대신 하만은 바빴다.

홍원이 광산에서 가지고 나온 것 때문이다.

무려 용의 꼬리였다.

하만뿐 아니라 마라카와 타라호도 그것에 달라붙었다. 타라호는 자신의 마을로 돌아가야 한다는 사실도 잊고 있었다.

"이것이 전설의 용의 몸통 중 일부라니……."

"이 비늘의 단단함은 상상을 초월할 정도야……."

세 사람은 황홀한 눈으로 용의 꼬리를 바라보고 있었다. 그게 벌써 사흘째다.

홍원이 광산에서 용의 꼬리를 가지고 나온 다음 날 이들에게 보여줬기 때문이다.

이렇게 사흘 동안 보고만 있는 이유는 하나였다.

가공을 할 수가 없었다.

그들이 가진 그 어떤 도구로도 비늘을 잘라내지 못한 것이다. 이래서야 비늘도 가죽도 아무런 효용이 없었다.

결국 하만이 곡괭이를 들고 나섰다.

"백린강이 필요해! 백린강으로 도구를 더욱 강하게 만들어야
해!"

이미 묵철로 만든 제작 도구도 아무 소용이 없는 것을 확인
한 터다.

그렇게 새로운 재료에 대한 창작욕이 용에 대한 두려움을 이
겨냈다.

하만이 가장 먼저 갱도를 따라 광맥으로 향했고, 마라카와
타라호가 그 뒤를 이었다.

그렇게 세 사람이 솔선수범하여 광산으로 들어가자, 나머지
사람들도 슬금슬금 하나둘 광산으로 들어가기 시작했다.

갱도 밖으로 아주 작고 은은한 곡괭이질 소리가 울리기 시
작했다.

캉! 캉! 캉! 캉!

푸른불꽃 마을에 활기가 조금씩 돌기 시작했다.

그리고 그 소식이 다른 마을로 조금씩 퍼졌고, 다른 마을 사
람들도 다시 광산으로 들어가 광석을 캐기 시작했다.

그렇게 두하족의 마을들은 조금씩 일상으로 돌아오고 있었다.

이제 홍원은 할 일이 없었기에 그저 기다리기만 하였다.

새로운 재료에 빠져 버린 하만과 마라카, 타라호는 홍원마저
잊은 듯했다.

그러나 그들은 이내 실의에 빠졌다.

백린강으로 강화한 도구를 사용했지만 홈집만 조금 낼 수

있을 뿐, 잘라내지 못한 것이다.

"대체… 이런 걸 어떻게 이렇게 잘라낸 거지?"

하만이 질렸다는 얼굴로 중얼거렸다.

그 순간 세 사람은 동시에 깨달았다. 이걸 잘라낸 사람이 있다는 것을 말이다.

그렇게 세 사람이 홍원에게 들이닥쳤다.

조용히 명상에 잠겨 묵룡과의 싸움에서 얻은 심득들을 정리하고 있던 홍원은 그렇게 하만의 작업실로 끌려왔다.

이곳으로 끌려오면서 모든 자초지종을 모두 들은 터였다.

"그런데 백린강에 무구를 강화하는 능력도 있었습니까?"

홍원이 들은 것 이외의 효과였다.

"있지. 대신 좀 많이 필요하네. 그래서 좀처럼 사용하지 않아. 사실 백린강으로 강화할 필요가 있는 경우도 거의 없고 말일세."

하만의 말에 홍원은 고개를 끄덕였다.

그의 손에 들린 도구들이 하나같이 예사롭지 않은 기운을 풍겼다.

"자네, 이걸 어떻게 잘랐나?"

하만은 애가 닳은 눈으로 홍원을 보며 물었다.

그에게서 작은 작업용 단도를 받아 든 홍원은 그곳에 강기를 불어넣었다. 일반적인 강기가 아닌, 이번에 깨달은 반투명한 강기였다.

그렇게 강기를 머금은 단도를 스윽 그어버리자 너무도 간단히 비늘이 잘렸다.

그 모습에 세 사람은 소스라치게 놀라면서 외쳤다.

"머, 멈춰!!!"

"멈추게!!!"

"아, 이 귀한 재료를!!"

홍원이 그 외침에 깜짝 놀라 손을 멈췄다.

그러나 이미 비늘 세 개 정도가 잘린 후였다.

세 사람은 두 눈을 부르르 떨며 안타까움이 가득한 눈으로 그것을 지켜보았다.

"이럴 수가……."

허망함이 가득한 목소리였다.

"자네, 이 기운을 다른 사람이 사용하는 도구에 불어넣을 수 있겠는가?"

하만이 간절한 얼굴로 물었다.

홍원은 묵룡의 꼬리를 손질할 수는 있지만 섬세한 작업은 무리였다.

그 능력은 자신들에게만 있었다.

하만의 물음에 홍원은 고민했다. 자신이 가지고 있는 무기가 아닌 타인의 무기에 강기를 불어넣을 수 있을까?

될 것 같기도 했다.

강기 이상의 강기 역시 홍원이 인식하기 전만 하더라도 미지의 존재가 아니었던가.

"한번 해보죠."

홍원은 그리 답하며 단도를 하만에게 건넸다.

정신을 집중해 허공을 격하여 하만이 쥔 단도로 내공을 보냈다.

하만에게는 아무런 영향 없이 오직 단도에만.

쉽지 않은 일이다.

홍원이 땀을 삘삘 흘리자, 세 사람은 침을 꿀꺽 삼키며 긴장한 얼굴로 가만히 지켜보았다.

일각의 시간이 흘렀으나 아무런 변화가 없었다.

'어렵군.'

홍원은 열심히 머릿속에서 심상을 그렸다.

그러나 타인의 무기에 자신의 내공을 불어넣는 것은 쉬운 일이 아니었다.

결국 홍원은 첫 번째 시도를 포기했다.

"후우……."

홍원이 길게 한숨을 내쉬자 세 사람의 얼굴에 실망의 기색이 가득했다.

"안 되겠는가?"

마라카의 물음에 홍원이 고개를 저으며 답했다.

"다른 방법을 사용해 보도록 하죠."

그러면서 홍원은 하만의 등에 손바닥을 올렸다. 그의 기혈을 통해 자신의 내공을 전하려는 것이다.

"아무 말씀도 하시면 안 됩니다."

홍원이 하만에게 단단히 주의를 주고 내공을 흘려 넣었다.

갑자기 등에서부터 전해지는 따뜻한 기운에 하만이 흠칫했지만 홍원의 당부대로 아무런 말도 하지 않았다.

그저 자신의 단도를 내려다 볼 뿐이다.

홍원은 정신을 집중해 자신의 내공을 이끌었다. 하만의 기혈을 따라 움직이던 내공이 그의 오른손까지 도달했다.

홍원은 눈을 감고 내면으로 빠져 들었다. 하만의 기혈까지 자신의 내공 순환의 경로로 인식하기 시작했다.

그러자 하만의 손에 들린 단도에 반투명한 강기가 어리기 시작했다.

"오!"

"오오!"

그 모습에 마라카와 타라호가 감탄성을 토했다.

하만은 아무런 소리도 내지 않고 잘게 떨리는 눈으로 자신의 단도를 내려다보았다.

그리고 곧장 손을 빠르게 움직였다.

그의 손짓에 용의 꼬리가 빠르게 해체되었다.

비늘과 가죽, 그리고 뼈와 고기로 마치 원래 그랬던 것처럼 너무나 자연스럽게 해체가 되었다.

해체가 된 이후에도 하만의 손은 바빴다. 자신이 생각하는 무구를 만들기 위해 계속해서 움직였다.

홍원이 기운을 불어넣어 주는 이때가 아니면 가공이 불가능했기에 더욱 집중해서 움직였다.

마라카와 타라호는 아쉬운 눈으로 그 모습을 가만히 지켜보왔다.

용의 몸을 재료로 무구를 만드는 경험을 그저 지켜만 보고 있자니 억울하기 그지없었으나 방법이 없었다.

그렇게 하만은 도구를 바꿔가며 용의 가죽을 무두질하고 비늘을 다듬으며 뼈도 손질했다.

어느새 홍원은 능숙해져 하만이 바꾸는 도구에도 강기를 불어넣을 수 있었다.

그렇게 몇 시진이 흐르고 모든 작업이 끝났다.

홍원의 얼굴은 땀으로 흠뻑 젖었다.

내공의 소모도 상당했다. 일반적인 강기보다 훨씬 많은 내공을 소모하는 강기를 자신이 아닌 다른 이의 몸을 통해 발현했으니 더욱 힘들었다.

"후우, 고맙네. 이제는 괜찮을 것 같아."

하만은 고개를 끄덕이며 말했다.

그의 얼굴도 땀으로 젖어 번들거렸다. 그 정도로 그도 집중하고 있었다.

어느새 깊은 밤이 되어 있었다.

자신의 거처로 돌아가려던 홍원의 눈에 붉은 도신이 들어왔다.

"아."

그제야 홍원은 자신이 왜 묵룡과 그런 사투를 벌였는지 떠올렸다.

백린강을 다시 채취해 저 도를 완성하기 위함이 아니었던가.

홍원의 시선이 한 곳에 머무른 것을 깨달은 세 사람의 시선
도 그곳으로 향했다.

"아."

"이런."

"허."

세 개의 각기 다른 소리가 흘러나왔다.

그들도 이제야 기억해 낸 것이다.

자신들이 홍원에게 주어야 할 것이 있음을 말이다. 용의 꼬
리에 정신이 팔려 까맣게 잊고 있었다.

"크흠, 백린강은 다시 캐야 하니… 준비되는 대로 연락을 주
겠네."

하만이 헛기침을 하며 말했다.

홍원은 빙그레 웃으며 알겠다고 답한 후 자신의 거처로 향했
다.

거처로 돌아온 후 홍원은 가부좌를 틀고 다시금 명상과 운
기에 빠져 들었다.

이곳에서 얻은 것이 많았다.

다시 이틀이 흐른 오후.

하만의 전갈에 홍원은 그의 작업실로 향했다. 그곳에는 멋
들어진 검은빛의 검집과 도갑, 그리고 비늘이 가득 입혀진 얇
은 흉갑이 하나 있었다.

"이건?"

"그날 손질한 것으로 만든 걸세. 모두 자네 것이지."

하만의 대답에 홍원은 감탄한 눈으로 그것들을 바라보았다.

"자, 그리고 이게 백린강일세."

그곳에는 아이 주먹만 한 금속이 하나가 있었다. 새하얀 빛을 띤 금속이 은은한 빛을 내고 있었다.

하만은 그 금속을 다시 화로에 넣어 쇳물로 만들었다.

그리고 녹아 나온 쇳물을 붉은 도에 얇게 펴 발랐다. 그러곤 곧장 홍원에게 도를 건넸다.

"이제 자네 몫이네. 자네가 사용하기 편한 대로 도를 사용해 보게."

홍원은 그 말에 도를 들고 밖으로 나갔다.

그리고 천천히 도를 움직이기 시작했다.

이 도로 펼칠 것은 정해져 있었다. 꿈속에서 보았던 그 패도적인 도법.

그것이었다.

천선의 도법을 쉼 없이 펼치는 동안 도는 은은한 빛을 발했다.

백린강의 효능이 펼쳐지기 시작한 것이다.

은은한 빛을 뿌리며 도신에 흡수된 백린강은 아주 미묘한 변화를 만들기 시작했다.

홍원이 만들어내는 움직임에 가장 적합한 형태와 균형을 찾아 도가 스스로 형태를 바꾸었다.

기사였다.

세상에 이런 금속이 있다고 누가 상상이나 했을까.

오직 두하족의 사람들만이 아는 비전이었다.

그렇게 한 시진에 걸친 도법의 시연이 끝난 후 홍원은 가만히 도를 내려다보았다.

"정말 훌륭하군."

홍원은 진심으로 감탄한 얼굴로 도를 내려다보았다.

흑운도 굉장히 훌륭한 검이었지만 이 도와 비교하니 손색이 있었다.

홍원이 펼친 도법에 맞춰 스스로를 최적의 형태로 완성한 도였기에 별수 없었다. 세상 그 어느 병기보다도 홍원의 손에 딱 맞는 도였다.

홍원은 만족스러운 얼굴로 고개를 들었다.

마침 해가 지며 붉은 노을이 하늘을 뒤덮고 있었다. 그 빛깔이 꼭 자신의 손에 들린 도와 같았다.

"단하(丹霞). 너는 이제부터 단하다."

홍원은 그렇게 새로 얻은 도의 이름을 정했다.

하만을 비롯한 세 사람은 조용히 그 모습을 지켜보고 있었다.

"정말 대단하군요."

"그러게 말일세."

홍원이 펼치는 도법을 처음부터 끝까지 보았다. 그들이 무공에 대해 무얼 알겠는가.

그들이 집중한 것은 도의 변화였다.

백린강을 사용한 이후 저렇게 절묘한 도의 변화는 처음 본 그들이다.

그것만으로 홍원의 대단함을 느끼고 있었다.

"저 검이 아쉽군."

마라카가 중얼거렸다.

"나름 훌륭하게 만들긴 했습니다만… 도에 비해 아쉬운 건 사실이죠."

하만이 고개를 끄덕였다.

"하지만 다른 이가 만든 것을 우리가 손을 댈 수는 없습니다."

타라호가 덧붙였다.

"백린강만이라도 사용할 수 있으면 훨씬 나아질 텐데……"

마라카가 아쉽다는 듯 홍원을 바라보았다.

"그러게 말이야. 저 검 하나가 균형을 흩뜨리고 있어……"

세 사람은 마치 굉장히 거슬리는 것 하나를 발견한 양 고민에 빠졌다.

저 검도 어떻게 해주고 싶었다.

가장 좋은 방법은 저 검은 만든 장인에게 백린강을 보내주는 것인데, 백린강에는 커다란 제약이 있지 않던가.

"허어……"

아쉬운 한숨이 절로 흘러나왔다.

홍원은 한동안 그렇게 단하의 자태를 감상한 후 도갑에 넣었다. 묵룡의 비늘과 가죽으로 만든 도갑은 그 하나만으로도 훌륭한 작품이었으나, 단하가 수납되자 그제야 완벽한 모습을 갖췄다.

홍원은 천천히 걸음을 옮겨 세 사람에게로 향했다.

"무슨 문제가 있는 겁니까?"

셋의 표정을 확인한 홍원이 고개를 갸웃거리며 물었다. 홍원은 조금 전 단하에 완전히 몰입해 있었기에 세 사람이 작게 나눈 대화를 미처 듣지 못한 것이다.

"흐음……."

홍원의 물음에 누구도 대답하지 않았다. 대신 그들의 시선은 흑운을 향해 고정되어 있었다.

그 시선이 어디로 향하고 있는지 느꼈다.

자신도 완성된 단하를 보았을 때 느끼지 않았던가. 이들은 역시 장인들인지라, 그냥 눈으로 보는 것만으로도 그 아쉬움을 느끼는 듯했다.

홍원이 흑운을 빼 들었다.

"이 녀석 때문에 그러시는 겁니까?"

세 사람은 무어라 말은 하지 못하고 그저 작게 고개만 끄덕였다.

홍원은 복잡한 눈으로 흑운을 바라보았다.

황 노인의 얼굴이 절로 떠올랐다.

"이 녀석은 그간 저와 고락을 같이한 녀석입니다. 저에게 선물해 주신 분의 일생의 역작이죠. 단하가 제 손에 들어왔다 해서 이 녀석을 어찌할 마음은 없습니다."

홍원이 따로 설명하지 않아도 단하가 적도를 의미함을 세 사람은 모두 알았다.

"그렇지. 우리도 다른 장인의 작품에 손을 댈 생각은 없네. 그저 아쉬워서 그러지……."

하만이 작게 말했다. 그 말에 나머지 두 사람도 고개를 끄덕였다.

"균형이 맞지 않으니 말이야……."

타라호가 홍원에게서 시선을 돌린 채 무언가 아쉽다는 듯 중얼거렸다.

"하다못해 백린강만 입혀도 좋을 것 같은데… 다른 이의 작품에 손을 댈 수 없으니……."

마라카의 음성에도 안타까움이 가득했다.

홍원은 그런 마라카의 말에 관심을 가졌다. 자신이 느꼈던 백린강의 공능이라면 흑운도 한 단계 더 나은 모습을 가질 수 있을 거라 생각했기 때문이다.

하지만 역시 황 노인의 작품을 자신 마음대로 변형할 수는 없었다.

"우리 마음 같아서는 자네를 통해 그 검을 만든 장인에게 백린강과 그 사용법을 전해주고 싶네. 하지만 이전에 말했다시피 백린강에는 커다란 제약이 있으니……."

하만의 말에 홍원은 단하를 뽑아 들고 흑운과 번갈아가며 바라보았다.

"백린강을 제게 보여주실 수 있습니까?"

무슨 수가 나리라 기대한 것은 아니었지만 지난번 마수 고기를 구한 경험 때문에 요청한 것이다.

이곳 향산의 기이한 것들은 어쩐지 홍원과 잘 맞는 것 같았기 때문이다.

그렇게 홍원은 오늘 막 채굴해 온 백린강의 원석을 마주할 수 있었다.

원석을 채굴하고 열두 시진.

그것이 백린강이 자신의 공능을 유지하는 시간이었다.

분명 무언가 신기한 기운을 가지고 있으니 일어나는 일이리라.

홍원은 자신의 눈에 내공을 집중하여 백린강을 유심히 살폈다.

그러자 서서히 빠져나가는 기운이 보였다.

금기(金氣)였다.

백린강은 그야말로 금기의 정화였다. 금기가 금속에 스며들어 그런 조화를 일으킨 것이다.

홍원은 자신의 기운으로 기막을 만들어 백린강을 감쌌다.

그러자 금기가 주변으로 흩어지지는 못했지만 백린강과 기막 사이의 공간으로 지속적으로 빠져나와 점점 농밀해졌다.

"흐음."

홍원은 다시 기운을 움직여 백린강과 밀착시켰다.

그제야 금기가 빠져나오는 것이 멈췄다.

만족스러운 얼굴로 고개를 끄덕이는 홍원이었다.

"하루의 제약은 제가 해결할 수 있을·것 같습니다. 오직 저만이 가능한 방법으로요."

홍원의 말에 세 사람의 얼굴이 대번에 달라졌다.

"오오!"

"정말인가?!"

"놀랍군!!!"

그들의 표정 어디에도 새로운 사실에 대한 탐욕은 없었다. 그저 홍원의 흑운을 단하와 균형 맞는 모습으로 만들어줄 수 있는 길이 열렸다는 데 대한 기쁨만 가득할 뿐이었다.

천생이 장인인 이들이었다.

"얼마나 유지할 수 있을 것 같은가?"

제일 먼저 이성을 찾은 하만이 물었다.

"제가 지니고만 있다면 시간에 제약은 없을 것 같습니다만… 제 몸을 떠나는 순간 열두 시진의 남은 제약이 시작될 겁니다."

홍원의 말에 세 사람은 고개를 주억거리더니, 곧장 곡괭이를 챙겨 들고는 광산으로 향했다.

하만은 잊지 않고 홍원의 손을 잡아끌었다.

최대한 시간의 제약이 많이 남은 백린강의 주괴를 만들기 위함이다.

그렇게 홍원은 세 사람과 함께 광산으로 들어가 막 채취된 백린강을 기운으로 감쌌다.

어린아이 머리통만 한 크기였다. 아직은 온갖 불순물이 함께 있는 것이라 정제를 해야 한다고 했다.

그러면 주먹 정도 크기의 순수한 백린강 주괴만 남게 되는 것이다.

홍원은 하만의 작업실로 함께 가 하만이 정제 작업을 마치기를 기다렸다. 하만은 그야말로 필생의 힘을 다해 가장 빠른 속도로 백린강을 정제했다.

거기에 소모된 시간은 한 시진이 조금 안 되었다.

주괴가 완성되자 홍원은 즉각 기운으로 백린강을 감쌌다.

"열한 시진쯤 남았겠군."

채굴부터 정제까지 걸린 시간을 가늠한 하만이 말했다.

"그러면 이제부터 내가 알려주는 방법을 잘 기억했다가, 그 장인에게 알려주게나."

홍원은 집중해서 그 방법을 들었다.

그리고 다음 날 타라호와 함께 검은돌 마을로 향했다. 이곳에서의 일이 모두 끝난 것이다.

마라카와 하만은 마을 입구에서도 한참을 따라 나와 홍원을 배웅했다. 무척이나 아쉬운 얼굴이었다.

홍원은 손을 흔들어 그들과 작별하고 타라호와 함께 검은돌 마을을 향해 걸음을 옮겼다.

'다음에는 약초를 잔뜩 챙겨서 와야겠어.'

아버지가 충분한 양의 약초를 전해주었다 해도 벌써 구 년 전의 일이 아니던가.

이제 그 약초도 슬슬 떨어질 때가 되었다.

검은돌 마을에서 홍원은 다시 하루를 묵었다.

그사이 영석은 타라호와 이야기가 잘 풀린 것인지 희희낙락했다.

"형님! 정말 감사합니다! 형님이야말로 제 평생의 은인입니다!!!"

벌겋게 술에 취한 얼굴로 잔뜩 흥분해 이야기하던 영석이었다.

용을 처음 보았을 때 보였던 두려움은 온데간데없이 사라졌다.

처음에는 묵룡을 본 이들은 두려움에 떨었다. 갑자기 용이 나타났으니 당연한 반응이다. 하지만 용이 하늘 위로 날아오르고 며칠이 지나도록 아무런 일도 없자, 사람들은 그저 용을 보았다는 사실만을 기억하고 있었다.

두하족과 광석 거래에 대한 이야기가 잘 풀린 것인지 지금 영석의 얼굴에는 그저 기쁨만이 가득했다.

보아하니 검은돌 마을이 광석의 거래를 담당하는 듯했다. 이들이 두하족 마을 중 가장 아래에 있었기에 그런 것이리라.

그렇게 홍원은 다음 날 검은돌 마을을 떠날 채비를 했다. 영석은 거래에 대해 조율할 것이 남았다며 며칠 더 있겠다고 했다.

"그래?"

홍원은 잠시 고민스러운 얼굴을 했다.

"왜 그러시죠?"

영석이 고개를 갸웃거리며 물었다.

홍원이 짐에서 영석과의 계약서를 꺼내 펴 보였다. 거기에 적힌 계약 조건은 서면의 두하족 마을을 다녀오는 동안이라 되어 있었다.

한데 이곳에서 헤어져 버리면 홍원은 계약을 이행하지 못하게 되는 것이다.

"아, 그것이라면 걱정 마십시오. 이미 형님께 평생에 갚을 수 없는 신세를 졌는데, 아무 문제 없습니다."

영석이 자신만만한 얼굴로 말했다.

홍원이 피식 웃으며 고개를 저었다.

"계약은 계약이지."

"그러면 어떻게 하시려고요?"

"기다려야지."

어차피 급할 일은 없었다. 조금이라도 빨리 읍성으로 가서 흑운에 백린강을 입히고 싶었지만 자신의 기운으로 감싸고 있는 백린강은 그 제약이 풀려 있는 상태 아니던가.

그렇게 며칠을 더 보낸 후, 영석을 서면 밖의 안전한 마을까지 배웅해 주고 두 사람은 헤어졌다.

이제 영석은 사막을 통해 중원으로 들어가리라.

훗날 영석의 청라상단을 찾기로 하고 홍원은 걸음을 돌렸다.

다시 향산으로 향했다. 홍원까지 굳이 영석과 함께 사막을 건너 중원으로 갈 이유는 없었다.

홍원은 남면을 통해 빠르게 동면으로 향했다.

유람을 위해 떠났던 이가 갑자기 읍성의 서문에 나타날 수는 없었기에, 읍성을 멀찍이 한 바퀴 돌아 동문으로 향했다.

이번에도 동문의 수문병 중 진구가 있었다.

이제는 완연한 겨울이라, 성문 옆 한쪽에 모닥불을 피워놓고 있었다.

"여어, 오랜만이다. 이제야 왔구나."

진구가 홍원을 발견하고 손을 흔들었다. 홍원의 얼굴에 웃음
이 어렸다.

"아주머니랑 애들은 진작 돌아왔어."

진구의 말에 홍원은 고개를 끄덕였다. 생각보다 빨리 가족들
이 귀가한 것이다.

홍원은 성문을 지나 집으로 향했다. 일단 가족들에게 돌아
왔음을 알려야 했다.

아직 홍원의 여행은 끝나지 않았다. 흑운의 일만 해결하고
바로 떠날 것이지만 그렇다고 가족들을 보지 않을 수 없었다.

가족들이 모처럼 모두 모였다.

홍원은 뒷마당에 만들어놓은 온천에 처음으로 몸을 담갔다.
그동안의 피로가 절로 풀리는 듯했다.

다음 날 아침.

홍원은 황 노인을 찾았다.

아직 사위에 어둠에 내려 있는 새벽에 찾았건만 황 노인은
어느새 대장간에 불을 지피고 있었다.

"왔느냐?"

홍원을 발견한 황 노인은 짧게 반겼다. 그러나 이내 그는 세
차게 홍원을 향해 고개를 돌렸다.

홍원의 몸에서 변화를 발견한 것이다.

정확히는 흑운의 검집이었다. 그것은 자신이 만들어준 것과

달랐다.

자신이 만든 것보다 훨씬 정교하고 뛰어났다.

황 노인의 눈이 잘게 떨렸다.

"이건 어디서 났느냐?"

그렇게 묻던 황 노인의 눈가가 다시 떨렸다.

다른 쪽에 있는 단하의 도갑을 본 것이다.

"이건……."

황 노인이 가리키자 홍원은 도갑째 황 노인에게 단하를 넘겼다.

단하를 뽑아 든 그는 채 말을 잇지 못했다.

황 노인은 그렇게 한참을 단하를 바라보았다.

"대체 어디에서 이런 귀물(貴物)을 얻었느냐?"

"인연이 닿아 두하족의 사람을 만날 수 있었습니다."

"허어."

홍원의 말에 황 노인은 낮은 한숨을 내쉬었다.

"과연… 전설과 하나 다르지 않구나. 이런 명도라니… 내가 네게 줬던 검은 거둬야 하겠다. 이 도와 함께하기에는 균형이 맞지 않아."

황 노인은 냉정하게 자신의 작품을 평가했다.

그 역시 대단한 안목을 지닌 바, 두하족의 세 사람이 했던 말과 같은 말을 했다.

그때 홍원은 천천히 백린강에 대해 이야기를 시작했다. 아울러 세 사람이 황 노인의 실력에 대해 감탄했다는 말도 함께 전했다.

황 노인은 두 눈을 끔뻑이며 그저 그 말을 듣고만 있었다.

그리고 가는 미소가 그의 입가에 자리했다. 두하족에게 자신의 실력을 인정받았다는 사실이 기쁜 듯했다.

"아, 이럴 것이 아니다. 그 신비한 백린강이라는 것을 사용해봐야지."

황 노인은 이미 그 사용법을 숙지했다.

홍원이 세 번은 반복해서 설명한 덕이다.

"중요한 것은 불의 온도로군."

백린강은 무려 일반 강철을 녹이는 온도의 두 배의 열기를 필요로 했다.

황 노인은 화로를 더욱 활활 지피기 시작했다.

그의 얼굴이 금세 땀으로 물들었다. 그저 감각만으로 황 노인은 불의 열기가 어느 정도인지를 느끼고 있었다.

대장간은 어느덧 뜨거운 열기로 가득 찼으나, 아직 모자라다는 듯 황 노인은 열기를 더욱 키웠다.

춥디추운 한겨울임에도, 오직 이곳만은 열기로 모든 것을 불사르고 있었다.

"되었다."

황 노인의 외침에 홍원은 황 노인이 내민 도기에 백린강의 주괴를 담았다.

금세 불 속으로 백린강이 사라졌다.

황 노인은 불꽃을 더욱 크게 피웠다.

붉은 불꽃이 새하얗게 변해 있었다. 그럼에도 계속해서 열기를 키우자 불꽃은 새파랗게 변했다.

그리고 백린강의 주괴가 서서히 녹기 시작하며 새하얗게 빛나는 쇳물이 만들어졌다.

홍원에게서 흑운을 받아 든 황 노인은 백린강을 흑운의 검신에 얇고 균일하게 몇 번을 반복해 발랐다.

모든 백린강을 바르자 홍원에게 건넸다.

"네 설명대로면 이제부터는 네 몫이다."

고개를 끄덕인 홍원은 검을 들고 성밖으로 빠르게 빠져나갔다. 대장간 앞에서 검을 휘두를 수는 없는 노릇이었다.

그렇게 흑운은 새로운 모습으로 다시 태어났다.

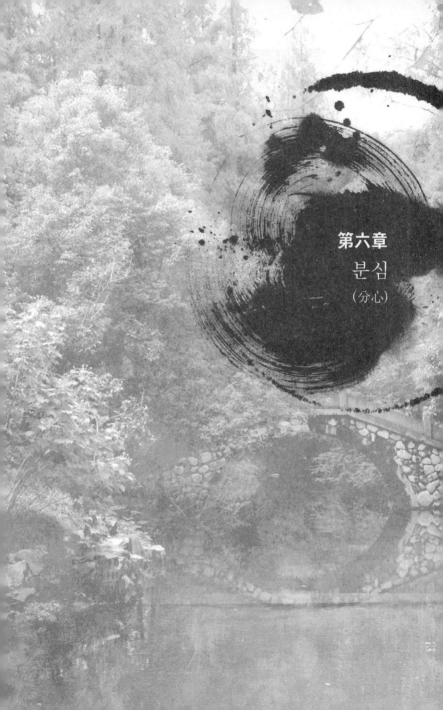

第六章
분심
(分心)

천선을 세 번 반복해서 펼쳤다. 물론 홍원이 계속해서 깨달음을 얻어가면서 완성한 천선이다.

단하를 완성할 때와는 같은 무공이되 전혀 다른 무공이었다.

그렇게 흑운은 새로운 모습을 가지게 되었다.

단하와 함께 사용한다고 해도 균형이 무너질 염려는 안 해도 될 정도로 빼어난 모습이었다.

홍원은 다시 대장간으로 돌아갔다.

새벽에 찾았던 곳을 점심 무렵에 다시 찾게 되었다. 그동안 황 노인은 자신의 일을 하고 있었다.

궁금하지도 않았던 것인지, 홍원이 다시 왔을 때 평소와 다름없는 무덤덤한 모습으로 맞았다.

"왔느냐?"

홍원은 말없이 흑운을 내밀었다.

황 노인은 흑운을 받아 들고 이리저리 살폈다. 그런 그의 눈가가 파르르 떨렸다.

"이게 내가 만든 검이라……."

감격이 가득한 목소리다. 이내 황 영감은 고개를 휘휘 저었다.

"아니지. 백린강을 입히고 나서 네 손에 맞게 맞춰진 것이니 절반은 네가 만든 게로구나."

황 노인의 말에 홍원이 손을 저었다.

"기본이 좋았던 검이기에 가능한 일이지요. 어르신이 만드신 검이 맞습니다."

홍원의 말에 황 노인의 입가가 슬며시 올라갔다.

"옜다. 이제 내가 손볼 일은 거의 없겠구나. 가끔 날이나 세우러 오너라. 두하족이란 이들은 전설인 줄로만 알았는데, 이토록 신비한 방법을 사용하고 있구나. 그것만으로도 좋은 경험 했다."

그렇게 황 노인은 홍원에게 흑운을 돌려주고는 다시 대장간으로 들어갔다.

홍원은 묵묵히 그 뒷모습을 바라보았다.

한동안 그렇게 서 있다가 집으로 걸음을 돌렸다.

'이제 어쩐다?'

경천회를 나서며 가보겠다 마음먹은 곳이 있었다. 그중 한 곳이 천화국 자갈타였고, 다른 곳이 더 있었다.

두하족의 마을에 방문한 것은 예정에 없던 일이었다. 영석과의 만남이 그곳으로 인연을 이어준 것이다.

덕분에 아버지의 또 다른 행적을 알게 되었고, 단하도 얻었다. 그리고 흑운이 새로운 모습을 얻기도 했다.

무엇보다 새로운 단초를 잡고, 한층 더 강해졌다.

우연한 만남이 이끌어준 인연치고는 너무나 많은 것을 얻었다.

그래서 고민이었다.

지금 바로 움직일 것인지, 아니면 묵룡과의 싸움에서 얻은 단초를 정리하고 움직일 것인지.

'무엇보다 분심이 문제야.'

세 개의 무구를 통제하는 순간부터 분심이 어려웠다.

'거기에 단하도 생겼다.'

검과 도를 번갈아 쓸지, 양손에 각기 검과 도를 들고 사용할지도 정하지 못했다.

'하지만 아무래도 양손에 들고 사용할 일이 생길지도 모르지.'

거기에 더해 백강검과 적강도를 함께 사용할 일이 생길 수도 있는 일이다.

이번에 묵룡과 싸우면서 느꼈다.

어쩌면 이 세상에는 더욱 강대한 존재가 있을지도 모른다고 말이다.

그런 존재를 상대할 준비를 해야 했다.

결국, 양손으로 각기 다른 무공을 펼치면서 백강검과 적강도를 사용하는 데 익숙해져야 했다.

세 개의 분심도 어려운 상황에서 네 개의 분심을 능수능란하게 해야 하는 것이다.

'할 게 많군.'

집으로 걸어가며 앞으로의 일을 생각하는데, 홍원의 기감에 무수한 사람들의 기척이 잡혔다.

모두 무림인들이었다.

'뭐지?'

누군가를 찾거나 노리고 온 것은 아닌 듯했다.

각기 다른 움직임을 보였으니까. 강한 정도도 각양각색이었다.

홍원이 신경을 쓸 정도의 인물은 없었다.

절로 고개가 갸웃거려졌다.

조용한 읍성에 이게 무슨 조화인가 싶었다.

읍성에 도착한 어제 미처 기감을 펼치지 못했기에 이제야 알게 되었다.

진구도 평소와 같았고, 가족들도 평소와 같았기에 미처 기감을 펼칠 생각을 못 했던 것이다.

지금도 앞으로의 일을 생각하다가 자연스레 펼쳐진 기감이었다.

'응?'

그 와중에 익숙한 기척이 하나 잡혔다.

"그녀가 왜 이곳에?"

홍원은 자신도 모르게 혼잣말을 하며 고개를 다시 한 번 갸웃거렸다.

그 정도로 생각 밖의 이가 홍원의 집 근처에서 머물고 있었다.

'일단 당분간은 머물러야겠어.'

방금 펼친 기감으로 홍원은 앞으로의 여정을 확정 지었다. 무림인들이 읍성에 이리도 많이 들어와 있는 상황에서 섣불리 떠날 수가 없었다.

어찌 된 영문인지 파악을 해야 할 것 같았다.

그날 밤.

모처럼 친구들이 모였다. 비영만 성현성에 있었기에 함께하지 못했다.

이들이 모인 곳은 철우의 집이었다.

"크아, 좋아."

진구가 시원하게 술을 들이켰다. 추운 겨울이건만 진구는 여전히 차가운 술을 즐겼다.

"그나저나 굉장히 놀랐다."

종현이 홍원을 보며 빙그레 웃었다. 철우 역시 고개를 끄덕이며 웃고 있었다.

진구만이 고개를 갸웃거리고 있었다.

"뭐야? 나만 모르는 뭐가 있는 거야?"

불퉁한 표정으로 세 사람을 번갈아보는 진구였다.

"이런 촌구석은 무림의 소식 같은 것은 관심이 없으니까, 모르는 게 당연한 거다."

종현이 술을 한 모금 삼키며 말했다. 옆에서 철우가 고개를 주억거렸다.

"그게 무슨 말이야?"

진구가 재차 물었다.

"그 영감님이 사실은 엄청난 분이셨다는 거지."

철우가 낮고 중후한 음성으로 말했다.

"영감님? 그 약장수?"

홍원이 그리 말하지 않았던가. 진구가 그 기억을 끄집어내며 그렇게 말하자 두 사람이 동시에 고개를 끄덕였다.

"사실은 무림에서 가장 강한 분이셨지. 홍원의 사부님이."

종현의 말에 진구는 살짝 놀란 표정을 지었지만 그것으로 끝이었다.

"뭐야? 안 놀라?"

그런 진구의 반응이 실망스러웠는지, 종현이 재차 물었다.

"뭐, 놀랍기는 하다만……."

"하다만?"

진구가 말을 끌자 종현이 그 말꼬리를 잡았다.

"얼마 전에 용도 봤는데, 그게 뭐 대수라고. 그날 놀란 거에 비하면 홍원의 사부님 이야기는 이 정도만 놀라면 충분해."

그리 말하며 또 한 잔 술을 시원하게 넘겼다.

진구의 말에 종현과 철우는 고개를 주억거렸다.

그날 자신들도 얼마나 놀랐던가.

"용?"

홍원이 물었다.

"그래. 검은 용이 향산 둘레를 빙글빙글 도는데… 그날 구름
도 몰려오고, 번개도 치고 난리가 났어."

진구가 안주 하나를 우물거리며 답했다.

과연 묵룡은 향산 전체를 끼고 돌았던 모양이다. 그래서 향
산이 지적인 읍성에서도 그 모습이 보인 것이다.

"너는 안 봤으니 그러고 있지. 그날 온 읍성 사람들이 다 보
고는 밖에 나와서 절하고, 난리도 그런 난리가 없었지."

진구가 침을 튀겨가며 말했다.

"과연 이게 흉조냐 길조냐 가지고 아직도 싸우는 사람도 있
다니까."

"사흘 전까지만 해도 엄청 시끄러웠지."

종현이 진구의 말에 맞장구를 쳤다.

"그래. 이제야 좀 진정이 된 거야. 그래서 우리도 이렇게 가
만히 있었던 거고."

철우의 말이었다.

아무래도 용이 나타난 것 때문에 모든 활동이 멈췄던 것 같
았다.

무슨 의미인지 알 수가 없으니 사람들이 모두 몸을 사린 듯
했다.

"그랬군."

홍원이 담담히 말하자 진구가 이상하다는 얼굴로 그를 보았
다.

"뭐야? 겨우 이 정도로 놀라고 끝이야? 역시 실제로 봐야해."

진구의 말에 홍원은 피식 웃었다.

그 용을 그렇게 만든 것이 자신이었으니까.

"그럼 무림인들은? 오며 가며 보이던데."

홍원의 물음에 종현과 철우의 시선이 그를 향했다. 홍원은 갑작스러운 두 친구의 시선에 머리를 갸웃거렸다.

"너 때문이지."

종현이 안주를 한 입 베어 물고는 말했다.

"나?"

"그래. 검선의 제자가 이곳에 산다는 소문이 파다하게 퍼져서 몰려온 사람들이지."

그 말에 홍원이 얼굴을 찌푸렸다.

자신을 찾아온 이들이라면 분명 가족들에게도 찾아갔을 터.

한데 그런 기색이 전혀 없지 않았던가.

"경천회의 무사들이 가족들은 철저히 지켜줬으니까 걱정하지 마라. 그들이 잠잠해질 때까지 머물다가 사흘 전에 몇몇만 남고 떠났다."

홍원이 무슨 걱정을 하는지 안다는 듯, 철우가 말했다.

"사실 용이 나타나기 전에나 너한테 관심이 있었지. 얼마 전에 용이 승천한 후로는 향산에 들어가 봐야 한다고 온통 관심이 그리로 쏠려 있다."

종현의 말이었다.

"그런데 왜 나에게는 아무 말씀이 없으셨을까?"

어제 집에 도착했을 때, 가족들은 그저 자신을 반기기만 했었다.

"홍산이 그 애늙은이가 그러자고 했겠지."

진구가 짐작이 간다는 듯 말했다. 이 자리에 있는 이들 중 홍산을 가장 많이 겪었던 그였기에 당연하다는 듯 말하는 것이다.

홍원은 그 이야기를 들으면서 기감을 다시금 정밀하게 펼쳤다.

그러니 과연 경천회 무사들의 기척이 느껴졌다.

그들은 지금은 홍원의 집에서 멀찍이 떨어져 있었다. 다만 그 위치가 무림인들이 모인 곳에서 홍원의 집으로 향하는 길 요소요소였다.

길목을 지키고 있는 것이다.

새삼 경천회의 배려가 고마웠다.

"뭐, 소문대로면 경천회는 너에게 큰 빚을 진 거니까 가족들의 안전을 최대한 신경을 썼을 것이고… 홍산이 녀석은 자신들이 아무 일 없으니 너에게 괜한 말을 하지 말자고 했겠지."

종현이 진구의 말에 자신의 생각을 덧붙였다. 종현은 홍원의 소문에 대해 제법 자세히 아는 듯했다.

"어찌 그리 잘 알고 있는 것이냐?"

홍원의 물음에 종현이 피식 웃었다.

"장사하려면 정보에 밝아야지."

"표두 하려면 정보에 밝아야 한다."

철우도 이어서 말했다.

"어이구, 그 밝은 정보 나한테도 좀 알려주지 그랬냐?"

진구가 섭섭하다는 듯 말하고는 다시 한 잔 술을 넘겼다.

그들의 그런 모습에 홍원은 그저 웃었다.

이래서 친구들이 좋았다.

자신의 소문을 접한 둘이나, 방금 이곳에서 그 이야기를 들은 진구나 자신을 대하는 태도에 변화가 전혀 없었다.

이곳에서 홍원은 그저 이들의 친구인 홍원일 뿐이었다.

좋았다.

좋고도 좋았다.

'황 어르신도 대단하시군. 용이 승천하는 소동이 있었는데도, 아무런 내색이 없으셨으니.'

홍원이 읍성으로 돌아와 가족 이외에 처음 만난 사람이 그였다. 그는 평소와 같았기에 홍원은 미처 이런 일이 일어났을 줄은 생각지 못했다.

그리고 보면 가족들도 대단했다. 자신에게 괜한 걱정거리를 주지 않기 위해 무림인들에 관한 이야기도, 용에 관한 이야기도 하지 않은 것 아니던가.

"참, 그보다 단리 소저랑은 무슨 사이냐?"

그때 종현이 은근한 얼굴로 물었다.

"단리 소저? 단리유화?"

홍원이 되묻자 두 사람은 크게 고개를 끄덕였고 진구는 이건 또 무슨 소리인가 하고 세 사람을 바라보았다.

"뭐야? 그건 또 무슨 소리야?"

진구의 목소리가 살짝 커졌다.

단리유화라는 이름이 귀에 박힌 탓이다.

그 선녀의 얼굴이 머릿속에 절로 그려졌다. 그러고 보니 그녀가 다시 읍성으로 왔다.

아마도 용이 승천하기 며칠 전이었던 것으로 기억하고 있다. 그녀가 다시 읍성을 찾았을 때 얼마나 기뻤던가.

"진구야, 아서라."

그런 진구의 마음을 안다는 듯 종현이 고개를 저었다. 옆에서 철우가 고개를 끄덕였다.

"이미 홍원이랑 보통 사이가 아니라는 소문이던데?"

종현의 이야기에 불현듯 진구의 머리를 스치는 일이 있었다. 홍원의 집을 찾던 그녀의 모습이었다. 그때 자신이 직접 홍원의 집으로 안내하지 않았던가.

"대체 무슨 소문이 어떻게 얼마나 난 거야?"

홍원이 쓴웃음을 지으며 물었다.

그러고 보면 홍원은 자신의 소문에 대해 구체적으로는 알지 못했다.

호사가의 입을 통해 전해진 소문은 온갖 억측이 난무하고, 온갖 추측이 덧붙여져 있었다.

그 모든 이야기를 들은 진구는 입을 턱 하니 벌리고 있었다.

"용의 승천을 봐서 어지간한 거로는 안 놀랄 거라며?"

종현의 물음에 진구는 고개를 저었다.

"어지간한 게 아니네……."

그런 진구의 목소리에 힘이 없었다.

아마도 단리유화와 홍원의 이야기 때문인 듯했다.

"허무맹랑하군."

홍원이 짧게 말했다.

"응?"

철우가 물었다.

"그녀와 나는 그저 서로의 필요에 의해서 도운 것일 뿐이야."

홍원이 칼같이 선을 그었으나 종현과 철우는 그저 짓궂게 웃을 뿐 아무 말도 하지 않았다.

진구가 충격을 받을까 봐 폐관 수련 이야기는 하지 않았었다.

하지만 남녀가 한 방에서 제법 긴 시간을 보냈으니, 정분이 나는 것은 당연한 일 아니겠는가.

그런 눈빛으로 두 사람은 홍원을 바라보았다.

그렇게 그날 밤이 지나갔다.

*   *   *

"용을 보았더냐?"

이른 아침 가벼운 무공 수련을 위해 뒷마당으로 나왔던 홍산과 홍해는 홍원의 물음에 고개를 끄덕였다.

"네."

"어떠했지?"

홍원의 물음에 홍해가 즉각 대답했다.

"엄청 까맣고, 엄청 크고 어마어마했어요."

그녀다운 대답이었다.

홍산은 곰곰이 그때를 떠올린 후 대답했다.

"무언가에 쫓기는 듯했습니다. 고통스러워 보였고요. 언뜻 붉은빛이 비치기도 했어요. 그래서 사실 걱정을 좀 했습니다. 흉조가 아닐까 하구요."

홍산의 말에 홍해가 두 눈을 동그랗게 뜨고 바라보았다. 여태 그런 기색을 전혀 비추지 않았기 때문이리라.

홍원도 살짝 놀랐다.

이곳에서 용이 날아오른 곳까지는 상당한 거리일 텐데, 그렇게 세밀하게 관찰을 했다니.

"안력이 상당한가 보구나. 진구 녀석에게 듣기로는 향산 높은 곳을 날아 무척 먼 거리였다고 하던데."

"생애 처음으로 용을 보는 거라, 집중해서 봤더니 보이더라고요."

홍산이 뒷머리를 긁적이며 답했다.

"그래서 지금은 어떤 거 같으냐?"

"제법 시일이 지났는데 아무 일이 없는 거로 봐서는… 제 기우였던 거 같아요."

"그렇구나."

홍원은 고개를 끄덕였다.

"형님."

그때 홍산이 조심스레 말을 꺼냈다.

"응?"

"형님은 대체 얼마나 강하신 겁니까?"

정말로 궁금하다는 듯이 물었다. 경천회에서의 생활과 이곳까지 함께 온 경천회 무사들의 태도에서 홍산은 자신의 형이 무척이나 대단한 사람이라는 것을 느끼고 있던 터였다.

"글쎄다."

홍원이 잠시 생각하다가 모호한 대답을 했다.

"흐음, 아마 우리 가족은 지킬 수 있는 정도가 아닐까 싶구나."

그리고 머리를 홍산의 머리를 쓰다듬으며 길을 나섰다.

"잠시 동면에 수련 삼아 다녀오마."

이제 홍원이 뛰어난 무인임을 가족들도 아는 상황이니, 구태여 사냥을 간다고 하지 않았다.

홍산은 그런 형의 넓은 등을 존경심 가득한 얼굴로 바라보았다.

홍원은 천천히 걸어 서문을 나서 동면을 올랐다. 늘 가는 그곳으로 향하고 있었다.

군데군데 무인들의 기척이 느껴졌다.

한 번은 두세 명의 무인을 마주치기도 했으나 그들은 홍원을 신경 쓰지 않았다. 홍원의 소문만 들었을 뿐, 그 얼굴은 몰랐기에 자신들과 같은 부류라 생각한 것이다.

그리고 이들에게 이제 홍원은 더는 중요하지 않았다. 묵룡의 행적을 좇는 것이 더욱더 중요할 뿐.

그렇게 자신의 수련장으로 홍원은 조심스레 움직였다. 기감을 넓게 펼쳐 자신 주변의 기척을 모두 찾았다.

"응?"

익숙한 기척이 자신을 향해 다가오는 것이 느껴졌다.

구태여 피할 이유는 없었기에 홍원은 계속 가던 방향으로 움직였다.

"아."

홍원과 마주친 상대의 목소리였다.

"오랜만이군요."

단리유화는 담담하게 인사를 건넸다.

"그렇군요. 이른 시간인데 산에서 내려오시는군요."

홍원의 말에 단리유화가 고개를 끄덕이며 답했다.

"어젯밤에 동면에 들어섰어요. 전에 그곳에서 밤에 수련하는 것이 집중이 잘되어서요."

거기까지만 이야기해도 홍원은 모두 알아들었다.

그녀가 홍원과 함께하며 깨달음을 얻었던 그곳을 말함이리라.

"장 공자가 돌아왔다는 이야기는 듣지 못했는데 언제 오신 거지요?"

단리유화가 물었다.

"이제 이틀 정도 되었습니다. 제 소문만 알지 얼굴을 모르는 이들이 대부분이니 그런 모양이지요."

물론 그런 것도 있었지만 읍성의 분위기가 변한 탓도 있었다. 무림인이 늘어난 이후 사람들이 원래 있던 이들에 관한 이야기를 잘 안 하게 된 것이다.

진구와 함께 홍원이 동문으로 들어오는 것을 본 수문병도 홍원에 대한 이야기를 굳이 주변에 하지 않았다.

그것은 황 노인 역시 마찬가지였다.

그랬기에 홍원의 귀향이 소문나지 않은 것이다.

"강한 분이라는 것은 알고 있었지만 제 상상을 초월하시더군요."

숭무련에서 접한 홍원에 대한 정보는 그야말로 엄청났다. 단리유화의 말에는 순수한 감탄과 존경이 담겨 있었다.

"별말씀을. 단리 소저께서도 그간 발전이 있으셨군요. 건승을 빌겠습니다."

홍원은 그렇게 살짝 고개를 숙이고 단리유화와 헤어졌다.

단리유화도 살짝 고개를 숙였다. 그러고는 그 자리에 가만히 서서 멀어지는 홍원의 모습을 바라보았다.

이윽고 나무 사이에 가려져 더 이상 그 모습을 확인할 수 없을 때 읍성을 향해 걸음을 옮겼다.

그녀 자신도 자신의 마음을 도통 알 수가 없었다.

그렇게 홍원은 자신만의 장소에 도착했다.

많은 이들이 동면을 들쑤시고 다니지만 이곳에 이른 이는 아무도 없었다.

그럴 수밖에 없었다.

용을 찾겠다며 산을 오르는 이들이 절벽 아래로 내려갈 생각을 할 리는 없을 테니 말이다.

홍원이 이곳에서 가장 먼저 한 일은 역시 천선의 비급을 보는 것이다.

비급은 예의 그곳에 있었다.

다시금 천선의 비급으로 빠져들었다. 벌써 몇 번째 읽는 것일까?

그 수를 헤아릴 수가 없었다.

이번에도 천선의 비급은 다르게 다가왔다.

같은 구결 같은 글자이건만 새로운 경지에 발을 딛고 비급을 펼쳐보노라면 늘 새로웠다.

이번에는 다른 때보다 더욱 집중했다.

분심의 단초가 비급 안에 숨어 있을 것만 같았기 때문이다.

분심은 결국 천선의 공능이 아니던가.

그렇게 세 시진을 비급에 빠져 있었다. 반나절을 비급에 빠져 보낸 셈이었지만 허기조차 느껴지지 않았다.

홍원은 흑운과 단하를 뽑아 들었다.

일검일도를 동시에 사용하기로 마음을 먹었다.

우수로 검을 펼치고 좌수로 도를 사용했다. 그러다가 우수로 도를 사용하고 좌수로 검을 펼치기를 번갈아 했다.

같은 천선이지만 검으로 펼치느냐 도로 펼치느냐에 따라 그 성격이 확연히 달랐다.

장엄하고 부드러우며 모든 것을 포용하는 듯한 검법.

패도적이며 파괴적이고 모든 것을 부숴 버릴 듯한 도법.

판이한 성격의 천선을 양손으로 동시에 번갈아가며 펼치는 것은 아무리 분심의 공능이 있다 한들 쉬운 일이 아니었다.

"후우, 시간이 좀 필요할지도 모르겠어. 여기에 백검강과 적도강까지 익숙해지려면……."

홍원은 얼굴을 흠뻑 적신 땀을 닦으며 말했다.

하지만 벌써 조금씩 감이 잡히고 있었다. 검과 도를 동시에 사용하는 것은 곧 어떻게든 될 것 같았다.

문제는 그다음 단계였다.

세 개, 네 개의 분심.

홍원이 애초에 잠시 읍성에 머무르며 무공을 정리하기로 한 것도 그 때문이 아니던가.

그렇게 홍원은 동면에서 한나절을 보내고 저녁 어스름이 찾아올 때쯤 집으로 돌아갔다.

"돌아오셨다는 말씀을 오늘에야 들었습니다."

집에는 홍원을 기다리는 이가 있었다.

백풍대의 부대주인 남명소였다.

예전에 모용연과 모용혜가 읍성으로 올 때, 그 여정의 호위 책임자였던 이다.

이런 이가 읍성에 남아 가족들을 돌봐준다는 것만 봐도 경천회에서 얼마나 신경을 쓰는지 알 수 있었다.

"그간 제 가족들을 위해 애를 많이 쓰셨다 들었습니다. 감사합니다."

홍원이 꾸벅 감사의 인사를 건네자 깜짝 놀란 남명소가 손사래를 쳤다.

"무슨 말씀을요. 장 공자께서 본 회에 베풀어주신 은혜에 비하면 이 정도는 아무것도 아닙니다."

그래도 고마운 것은 고마운 것이었다.

"홍산이 은밀히 장 공자께서 오셨다는 이야기를 전해 인사를 드리려 잠시 들렀습니다. 그럼 이만 가보겠습니다."

홍산은 역시 똑똑했다.

읍성에 자기 형을 찾은 수많은 무림인이 있기에 남명소에게만 조용히 알린 것이다.

묵룡에게 관심이 쏠렸다 해도 막상 홍원이 돌아왔다는 것을 알면 사람들이 어찌 변할지 알 수 없는 일 아니던가.

저녁 식사 후 홍원은 다시 온천에 몸을 담갔다.

이번에는 홍산도 함께였다.

"번거로우시죠?"

홍산이 물었다. 성에 몰려온 무림인들을 말함이리라.

"그러게 말이다. 어떻게 할까 고민 중이다."

홍원이 천장을 올려다보며 말했다.

대체 왜 이들이 읍성으로 몰려왔을까? 자신이 뭐라고.

아무리 대단한 무위를 보였다 한들, 이곳에 와서 그들이 얻을 게 무엇이 있을까.

'귀찮군……'

솔직한 심정이었다.

그래서 새삼 묵룡이 고맙기까지 했다. 그 덕에 자신을 향한 시선이 분산되었으니 말이다.

무림이랑 엮이면 이런 사달이 날 것 같아서 그토록 거리를 두려 했건만 무림이란 세계는 자신이 그리고 싶다고 그리되는 곳이 아니었다.

'간단하게 가자.'

홍원은 일을 복잡하게 만들 생각이 없었다. 간단하게 해결할 생각이었다.

이미 자신에 대해서는 알려질 대로 알려진 터.

그렇다면 무림인답게 해결하면 될 일이다.

"후우, 아무리 올라도 끝이 안 보이는군."

텁석부리 장한이 한숨을 내쉬며 말했다.

주막은 이런 무인들로 와자지껄했다. 저마다 모여서 서로 정보를 주고받고 있었다.

얼큰하게 술에 취한 이들도 곳곳에 있었다.

주모는 바쁘게 움직였다.

요즘 이들 덕에 장사할 맛이 났다. 외지에서 몰려온 많은 이들 덕에 읍성의 주막이나 주루, 반점들은 그야말로 대박을 맞은 터였다.

"향산 길은 이곳에서는 홍원이가 제일 잘 알 텐데……."

주모는 새로 술병을 내오며 텁석부리 장한에게 한마디를 하고는 돌아섰다.

저 이야기는 벌써 몇 번을 들었다. 그러면 뭐 하는가. 그 홍원이라는 자가 없는 것을.

더군다나 그는 자신들이 어찌할 수 없는 존재였다. 그저 얼마나 대단한 존재인지, 소문이 사실인지 확인이나 해보자는 생각에 부나방처럼 모인 이들이었다.

그러다가 용을 보는 대박을 맞을 줄은 몰랐다.

용을 봤으니 수확을 얻어야 했다.

산꼭대기로 날아올랐으니, 산꼭대기로 오르면 될 일이다.

이들이 이렇게 묵룡에 미친 이유는 하나였다.

"허어, 꼬리가 없어! 큰 상처를 입었군! 용들끼리 싸우기라도 한 것인가? 하늘로 오른 게 아니야. 산 정상으로 넘어갔어!"

용이 나타난 그날.

주막의 지붕에 올라 묵룡을 지켜본 이의 외침이었다.

천리신안(千里神眼) 묘후막이라는 자였다. 뛰어난 안공(眼功)과 함께 궁술을 익혀 백발백중의 실력을 자랑하는 이였다.

그런 그였기에 묵룡의 상태와 움직임을 똑똑히 본 것이다.

그의 말 때문에 읍성에 폭풍이 몰아쳤다.

상처 입은 용이 향산의 정상에 있다. 그렇다면 자신들이 잡을 수도 있지 않을까.

그런 헛된 망상이 무인들을 지배하기 시작했다.

그날 이후 그들은 끊임없이 동면을 오르고 또 올랐다.

향산에서 그나마 만만한 곳이 동면이라는 것을 그들도 알았기에 동면을 통해 향산 정상으로 향하는 길을 찾기 위해 동면 깊은 곳을 헤매기를 계속하는 것이다.

그리고 그렇게 찾은 길을 주막에서 공유하고 있었다.

어차피 용을 혼자 잡을 수 있는 이는 이곳에 없었다.

용을 잡은 후 그 수확물을 서로 나누어야 했다. 그것만으로도 엄청난 기연이었다.

그랬기에 이들은 향산에 용이 나타났다는 사실을 그들만이 공유하고 입을 꾹 다물고 있었다.

하지만 그런 엄청난 일이 이들만 입을 닫는다고 가려질 리 없었다.

서서히 중원 전역에 용에 대한 소문이 퍼지고 있었다.

더군다나 홍원의 가족을 지키던 경천회의 무사들 모두 그 용을 보지 않았던가.

다만 묘후막이 한 말만은 그들도 몰랐다. 강대한 세력에 대한 경계심 때문에 이들이 알아서 입을 닫은 것이다. 그래서 그저 용이 나타났다는 소문만이 퍼질 뿐이었다.

하지만 이들은 마음이 급했다.

경천회의 무사들이 떠났으니, 곧 소식을 접한 사대세력의 무인들이 몰려올지도 모른다는 불안감 때문이었다.

그래서 새로운 얼굴에 대해서는 예민했다.

"그러고 보니 홀로 동면을 오르는 이가 있던가?"

누군가가 생각났다는 듯 물었다.

"단리 소저밖에 없지."

그들이 읍성에 오기 전에 이미 먼저 읍성에 자리 잡고 있던 단리유화였다. 게다가 전대 숭무련주의 제자라는 위명 때문에 쉬이 접근하지도 못했다.

그리고 그녀는 용에는 관심이 없는 듯하여 이들도 그녀에게는 관심을 두지 않았다.

"그렇지? 그자는 누굴까?"

홍원과 마주쳤던 이들 중 하나가 의문을 표했다. 누군가가 알고 있을 거라고 생각했기에 무심히 지나쳤었다. 게다가 밤새 산을 헤매 너무나 지친 탓도 있었다.

하지만 그를 알고 있는 이가 아무도 없자 예민함이 고개를 들었다.

곧 그 정보는 이들 사이에 퍼졌다. 그리고 결론을 내렸다.

새로운 무인이 한 명 나타났다는 것이다.

곧 그 정체에 대한 이야기로 시끄러워졌다. 이들에게 있어 그것은 굉장히 예민한 문제였다.

용을 잡은 후 그 수확물을 나눠야 할 사람이 하나 늘지도 몰랐기 때문이다.

"설마 그는 아니겠지?"

누군가가 미심쩍다는 듯 중얼거렸다. 그러자 그 주변은 삽시간에 조용해졌다.

그랬다.

애초에 그들이 이곳에 왜 왔던가.

그일 수도 있었다.

사실 이곳에 그의 얼굴을 아는 이는 단 하나도 없지 않은가.

"확인해 볼까?"

텁석부리 장한이었다.

"경천회 녀석들이 지키고 있는데 어떻게?"

누군가가 의문을 던졌다.

"이제 대부분 돌아가고 얼마 없어. 경천회에서 용을 찾으러 오기 전에 우리가 빨리 찾아야 할 텐데……."

이들의 불안함이 다시 한 번 떠올랐다.

"그럼 남은 이들은 얼마 없다는 거잖아? 우리가 모두 함께 가면 과연 우리를 막을 수 있을까?"

누군가의 말이 시발점이 되었다.

"가자!"

호기롭게 자리에서 일어나는 이들이 생겨났다.

그런 기세가 순식간에 번졌다. 그렇게 주막에서 시작된 이야기가 근처 주루와 반점으로 퍼졌다.

그렇게 사위가 어둠에 잠긴 늦은 밤에 이들은 홍원의 집을 향해 몰려가기 시작했다.

홍산은 먼저 밖으로 나가고 홍원이 홀로 온천을 즐기고 있었다.

그런 홍원의 감각에 누군가의 기척이 걸렸다.

"응?"

익숙한 기척이었기에 그에게 전음을 보냈다.

[무슨 일입니까?]

홍원의 집 근처에 도착해 홍원을 찾던 남명소는 갑자기 날아든 전음에 주변을 두리번거렸다.

[온천입니다.]

다시 한 번 날아든 전음에 그는 서둘러 홍원에게로 향했다.

조용히 온천으로 들어온 남명소가 조심스레 입을 열었다.

"아무래도 문제가 좀 생긴 것 같습니다."

"무인들인가요?"

남명소의 갑작스러운 방문에 기감의 영역을 읍성 전체로 넓힌 홍원은 일단의 무리가 이쪽으로 향하고 있음을 알 수 있었다.

"네, 그렇습니다. 그들이 무슨 생각인지 모두 모여 이곳으로 향하고 있습니다."

남명소가 면목이 없다는 얼굴로 조심스레 말했다.

"저희가 막기에는 인원이 부족합니다."

부대주인 그가 함께 있다고는 하지만 남은 인원은 겨우 한 개 조였다. 열 명의 인원으로 그들을 막는 것은 역부족이었다.

백 명에 이르는 무인들이 작정하고 홍원을 찾아오고 있었다.

홍원이 물 밖으로 몸을 일으켰다. 탄탄한 그의 몸이 고스란히 드러났다. 내공을 일으켜 몸을 말린 후 옷을 천천히 입은 홍원이 말했다.

"제가 나가봐야겠군요."

흑운과 단하를 챙긴 홍원은 가족들에게는 알리지 않고 은밀히 집 밖으로 나갔다.

그들의 움직임은 한 곳에 멈춰 있었다.

백풍대의 인원들이 그들의 길목을 막은 것이다. 하지만 점점 거칠어지는 그들을 계속 막는 것은 어려워 보였다.

그때, 그곳에 홍원이 도착했다.

"저, 저자다."

아침에 홍원과 마주쳤던 이들 중 하나가 홍원을 발견하자마자 소리쳤다.

그의 모습을 확인한 홍원은 어찌 된 일인지 대강 추측할 수 있었다.

아마 오늘 아침 향산에서 마주친 이들 중 낯선 자신의 모습에 의문을 가진 것이리라.

백풍대의 무인들은 홍원의 얼굴을 알았기에 조용히 고개를 숙이고 한쪽으로 물러났다. 그런 그들의 행동이 대중들에게 확신을 주었다.

"위명이 자자한 소검선 장홍원 대협이시오?"

텁석부리 장한이 앞으로 나서며 물었다.

"대협이라는 대단한 소리를 들을 정도가 되는지 모르겠소만 내가 장홍원임은 맞소."

그렇잖아도 홍산과 대화를 나누며 이들을 간단하게 해결하기로 마음먹은 터다.

그렇게 결정을 내려둔 터였기에 홍원의 행동에 망설임은 없었다.

"소인은 거철도(巨鐵刀) 피호용이라 하오. 대협의 위명에 반해
한번 뵙기 위해 이리 찾아왔습니다. 이들 모두 저와 같은 용건
이지요."

자신을 소개한 텁석부리 장한은 포권을 하며 홍원을 향해
허리를 숙였다.

"하면 이제 목적을 이룬 것이니 조용히 돌아가 줌이 어떻습
니까?"

홍원이 피호용의 인사를 받으며 말했다. 그런 홍원의 말에
사람들은 작게 웅성거렸다.

얼굴 봤으니 이제 돌아가라는 말에 홍분한 이들이 하나둘
생긴 것이다.

"하하. 천하에 이름을 떨치는 고수를 만났는데, 어찌 겨우
얼굴을 봤다고 돌아갈 수 있겠습니까?"

그 말에 피호용은 얼굴에 철판을 깐 듯 크게 웃고는 말했다.

"그러면 무엇을 더 바란단 말이오?"

"저희는 세력이 없어 곳곳의 무인들에게 핍박받으며 이리저
리 강호를 떠돌던 힘없는 이들이지요. 그런 저희들에게 우산이
되어주시길 부탁드리고 싶습니다. 한 수 가르침도 청하고요."

피식.

그의 말에 홍원의 입가에 조소가 떠올랐다.

이들이 핍박을 받은 것이 세력이 없었기 때문일까? 아닐 것
이다.

지금 이들의 행동이 자신들에게 오는 핍박의 이유일 것이다.

가진 것에 비해 더 큰 것을 바라는 욕심.

주변을 살피지 못하는 저열한 안목.

당연한 일이다.

"내가 왜 그래야 하지?"

홍원의 목소리가 싸늘하게 변했다.

"그야, 대협도 아무런 세력이 없는 혈혈단신 아니오이까? 그런 이들끼리 뭉쳐야 저 사대세력의 폭거를 막을 수 있지 않습니까?"

그들은 순수하게 사대세력의 폭거에 대항하기 위해 이곳을 찾았다는 양, 열정을 다해 외쳤다.

가소로웠다.

"사대세력의 폭거라는 걸 나는 모르겠다만?"

홍원의 말투 역시 변했으나, 그것을 눈치챈 이는 아직 없었다.

아니, 단 한 명 있었다.

그는 홍원의 눈치를 살피며 슬금슬금 뒤로 이동하고 있었다. 홍원을 만나 흥분한 이들은 아직 그런 그의 움직임을 눈치채지 못하고 있었다.

'어서 피해야 한다. 내가 생각한 것과 전혀 다른 사람이야.'

천리신안 묘후막이었다. 그는 홍원의 주변에 넘실거리는 기운을 읽었다. 그의 장기인 안력은 그 정도 실력은 되었다.

묵룡의 부상을 본 그의 두 눈은 이번엔 홍원의 분노를 보았다.

어서 이 자리를 벗어나야 했다.

괜히 사람들의 꼬임에 넘어가 이곳까지 왔다고 생각했다.

그렇지 않아도 강호에서 그는 자신의 두 눈과 한 자루의 활, 그리고 두 다리로 별로 아쉬울 것 없는 삶을 살지 않았던가.

기실 저들이 주장하는 사대세력의 폭거를 자신 역시 겪은 적이 없었다.

이 자리에 모인 대다수의 인물들은 괜히 욕심을 내며 사대세력의 영역에서 허튼짓을 하다가 그들에게 쫓겨난 이들이었다.

말은 무림인이지만 이들이 하는 짓은 그저 무공을 익힌 뒷골목 건달과 다름이 없었던 것이다.

그렇게 무리의 최후미에 이른 묘후막은 은밀히 보법을 펼쳐 그들로부터 멀어졌다.

그의 움직임을 아는 이는 이 자리에 딱 한 명, 홍원이었다.

'그래도 분위기를 읽을 줄 아는 이가 한 명은 있었군.'

묘후막은 멀찍이 물러나 조용히 숨을 죽이고 홍원과 무인들을 지켜보았다.

굉장히 먼 거리였으나 묘후막의 안력에 이 정도 거리는 장애가 되지 않았다.

"그게 무슨 말이오? 그들은 그 누구도 동의하지 않은 곳을 그들의 세력이라 하고 힘없는 자들을 핍박하지 않소이까?"

홍원의 말에 흥분한 피호용은 얼굴이 시뻘게져서는 외쳤다.

"내가 보기에는 당신들이 이러는 것이 폭거 같아."

홍원의 두 눈이 차갑게 빛났다.

"그, 그게 무슨!!!"

사람들이 웅성거리기 시작했다.

"내 의사와 상관없이 이리 떼로 몰려와 소란을 일으키는 것만 보아도… 당신들이 왜 사대세력에게 핍박을 받았는지 알 거 같군."

"말이 지나치시오!"

"적어도 내 경험에 다른 곳은 몰라도 경천회는 아무 이유 없이, 그들이 힘이 강하다는 이유만으로 사람을 핍박하고 괴롭히는 곳이 아니야. 그곳까지 싸잡아 사대세력이 모두 그렇다는 걸로 봐서는… 경천회에도 불만이 많은 모양인데, 경천회에서 그랬다면 적어도 내가 아는 한 당신들에게 문제가 있는 거야."

홍원의 긴 이야기에 이들은 점점 더 흥분하기 시작했다.

"흥, 어쩐지 경천회가 뒤를 봐주는 것 같더라니! 결국 한통속이었어!"

누군가가 분에 차서 큰 소리로 외쳤다.

홍원은 그따위 말에 신경 쓰지 않았다.

"그럼 나와 얽힐 일은 이제 없으니까, 조용히 돌아가 주기를 요구하지. 더 이상 읍성에 있을 이유도 없지?"

그렇지 않다.

이들에게는 홍원이 아닌 묵룡이라는 다른 목적도 있었다. 지금은 오히려 홍원보다는 묵룡이 주목적이었다.

다만 홍원이 돌아온 것인지도 모른다는 이야기에 이렇게 몰려온 것이다.

이들도 알고 있었다.

자신들이 사대세력에게 이리 치이고, 저리 치인 것은 자신들이 힘이 없어서라는 것을 말이다.

그래서 사대세력 못지않은 힘을 가진 홍원을 찾아온 것이다.

하지만 자신들 스스로 강해질 수 있을지도 모르는 방법을 발견한 이상, 이제 그들의 시선이 그리로 향한 것은 당연한 일이었다.

이들은 착각하고 있었다.

자신들이 힘이 없어서 무시당한 것이 아니다. 자신들의 행동이 잘못되었기에 그리된 것이다.

그 사실을 깨닫지 못하는 한 이들은 자신들의 행동을 바꾸지 못하리라.

지금도 역시 마찬가지였다.

"그게 무슨 말이오, 대협! 대협은 우리를 이끌어줄 책임이 있소! 우리들의 우두머리가 되어주시오!"

피호용의 외침이었다.

억지도 이런 억지가 없었다.

그들이 이런 억지를 피우는 이유는 하나였다. 홍원이 아무런 세력도 없이 홀로 활동하는 무인이라는 것.

이유 자체가 억지였다.

"후우."

홍원이 낮게 한숨을 내쉬었다. 그리고 말을 이었다.

"말 안 듣는 개들은 몽둥이가 약이지."

허리에서 검집과 도갑째로 흑운과 단하를 빼 들었다.

묵룡의 검은 비늘로 감싸였기에 밤의 어둠 속에서 그다지 눈에 띄지 않았다.

홍원의 공격 의사에 이들의 흥분은 극에 달했다.

"홍, 그딴 알량한 실력으로 너무 기고만장한 것 아니오!"

무리 속에 있다는 안도감 때문일까? 감히 홍원을 마주 보고는 한 마디도 못 할 말들이 터져 나왔다.

홍원은 그런 말들은 모두 무시했다.

"한 번만 말하지. 이 시간 이후로 모두 읍성에서 나가. 그렇지 않으면 제 발로 나가지 못할 거야."

마음 같아서는 모두 처죽이고 싶었다.

하지만 그럴 수 없었다.

고향의 땅을 이딴 놈들의 피로 더럽힐 수는 없었으니까.

말을 끝내는 순간 먼저 움직인 것은 홍원이었다. 이딴 놈들에게 사정을 봐줄 이유는 없었다.

오직 고향인 읍성을 생각해서 손에 사정을 두었다.

흑운과 단하에 내동을 사용하지 않은 것이다.

퍽!

커다란 격타음이 울렸다. 첫 번째 희생자는 가장 앞에 나서서 떠들었던 피호용이었다.

그는 옆구리를 부여잡고 그대로 바닥에 쓰러졌다.

"이, 이게 무슨 짓이오!"

홍원의 행동에 갖가지 말이 터져 나왔으나, 홍원은 그따위 말은 모두 무시했다.

그저 행동으로 보여주었다.

양손이 동시에 움직였다.

퍽! 퍽!

흑운과 단하에 두들겨 맞은 두 명이 또 쓰러졌다.

이대로 가만히 있다가는 이곳에 모여 있는 사람 모두를 두들겨 팰 기세임을 이제 사람들도 눈치채기 시작했다.

"비, 빌어먹을, 쳐, 쳐라! 놈은 혼자다!"

홍원이 홀로 어떤 일을 해냈는지는 이미 전 강호에 파다했다.

그럼에도 이들은 자신들의 숫자를 믿었다.

소문이란 으레 그렇듯이 과장되었을 거라 믿었다. 더군다나 조금 전 홍원이 경천회에 호감을 보인 것으로 보아, 분명 경천회의 수작질이 들어간 것이리라 확신했다.

그렇게 그들은 부나방이 되었다.

홍원은 내공을 사용하지 않은 채, 각기 다른 천선을 양손으로 펼쳤다.

내공을 사용하지 않았으나 흑운과 단하가 가진 기세와 특성을 고스란히 남아 있었다.

그 탓에 단하에 맞은 이들이 좀 더 처참한 부상을 당했다.

퍽, 퍼퍼퍽, 퍽, 퍼퍽!

때아닌 파육음이 읍성의 밤하늘에 울렸다.

내공을 전혀 사용하지 않은 것은 어디까지나 읍성의 사람들을 생각해서였다.

피가 튀고 비명이 난무하면 인심이 흉흉해질 것은 명약관화한 터.

그렇게 하고 싶지 않았던 것이다.

하지만 그 덕에 홍원은 새로운 감각을 맛보고 있었다.

'분심이라. 내공을 사용하지 않는 편이 좀 더 감각이 명확하다.'

새로운 발견이었다.

앞으로 수련의 방향을 정할 수 있었다.

똥도 약으로 쓸데가 있다더니, 이놈들 덕에 이런 방법을 발견할 줄이야.

하지만 그것과는 별개로 홍원은 정말 최선을 다해서 이들을 두들겨 팼다.

이런 놈들은 초반에 제대로 기를 꺾어야 한다.

그래서 손속에 사정을 두지 않았다.

모두들 어디 하나 부러지든가 큰 부상을 입었다.

홍원이 내공을 사용하지 않은 것은 어디까지나 읍성을 생각해 사정을 둔 것이었다.

단 이들을 패는 흑운과 단하는 무자비했다.

백 명에 이르는 사람을 모두 때려눕히는 데 반각도 걸리지 않았다.

두들겨 맞아 누워 있는 이들도, 이 모습을 지켜본 이들도 믿을 수 없는 현실이었다.

홍원의 시선이 한 곳을 향했다.

멀리 떨어져 조심스레 이곳을 살피던 묘후막이었다.

홍원과 시선이 부딪히자 묘후막은 화들짝 놀랐다.

그 눈빛이 말해주고 있었다. 어서 떠나지 않으면 너도 이들과 똑같이 될 것이라고.

묘후막은 뒤로 돌아보지 않고 경공을 최대한으로 펼쳤다. 자신이 숙소로 잡은 방에 들어서 자신의 짐을 챙긴 후 곧장 읍성의 담을 넘어 사라졌다.

방금 홍원이 보여준 모습에서 묘후막은 꿈에서 깨어났다.

고작 한 명의 무인도 상대하지 못하는 이들이 모여서 용을 잡겠다니.

어불성설이다.

이제 읍성은 묘후막에게 있어서 절대 발을 들이면 안 되는 절대금지나 다름없는 곳으로 인식되었다.

묘후막의 그런 행동에 홍원은 피식 웃었다.

"그래도 생각이란 걸 하는 사람도 있군."

"네?"

어느새 다가온 남명소가 얼떨떨한 얼굴로 물었다.

"아, 아닙니다."

백풍대의 무사들은 모두 얼이 빠져 있었다.

홍원의 무위에 대해서 소문만 들었을 뿐, 직접 눈앞에서 본 것은 이번이 처음이었다.

읍성에서 경천회로 돌아갈 때, 마황성과의 충돌에서도 그들은 위치가 달라 홍원의 무위를 목도하지 못했었다.

"이들을 모두 성밖으로 버려주십시오."

"아, 알겠습니다."

홍원은 남명소에게 부탁을 한 후 직접 움직였다. 나머지 인원들도 홍원과 함께 쓰러져 신음하는 이들을 들쳐다가 읍성 밖으로 내다 버렸다.

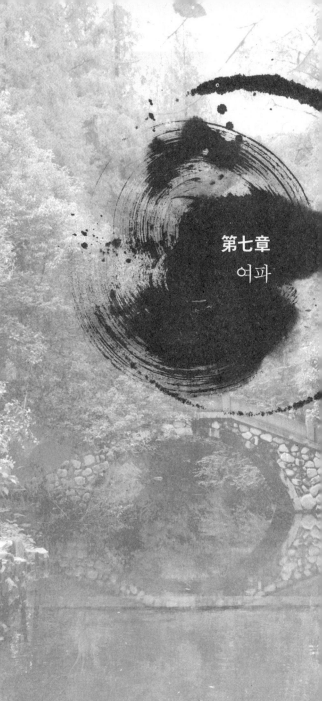

第七章
여파

　묵룡이 향산을 휘돌아 승천했음을 본 이들이 읍성에만 있는 것은 아니었다. 읍성보다 거리가 좀 멀었지만 해미성에서도 보였고, 용의 울음은 성현성까지 퍼졌다.

　그랬기에 향산의 용에 대한 소문이 조용히 퍼지고 있었다.

　용이 상처 입었다는 것을 아는 이들은 읍성에 있는 이들밖에 없었지만 말이다.

　그중 가장 크게 영향을 받은 이들은 아무래도 향산에 사는 이들이었다.

　용의 울음에는 예로부터 신비한 힘이 담겨 있다는 전설이 있었다.

　목이문의 사람들은 그 전설을 몸으로 체험했다.

고통과 분노에 찬 용의 울음이 향산을 가득 메울 때 그들은 심령이 빠져나가는 듯한 공포를 경험했다.

용이 향산을 따라 휘도는 동안 그들은 바닥에 엎드려 아무것도 할 수 없었다. 그렇게 용이 사라지고도 한동안은 제정신을 차리지 못했다.

그중 가장 큰 타격을 받은 이는 은월이었다.

은월은 도통 정신을 차리지 못했기에 침상에 누여 돌보기를 며칠이 흘렀다.

"흐음, 장 공자가 부탁한 이인데, 저러고 있으니……."

목이문의 문주인 목나격은 난감한 듯 중얼거렸다. 벌써 한참을 정신을 차리지 못하고 있는 은월 때문이었다.

홍원이 맡긴 이였기에, 그가 잘못된다면 홍원을 볼 낯이 없었다.

그렇게 걱정스레 있는데 다급한 발소리가 귀에 들렸다.

"무, 문주님!!!"

"무슨 일이냐?"

발걸음과 목소리에서 심상치 않은 일이 일어났음을 느낀 목나격이 직접 문을 열고 그를 맞았다.

"그, 그가 없습니다!!!"

"그라니, 누구를 말하는 거냐?"

그의 다급한 말에 잠시 고개를 갸웃거리던 목나격은 대번에 그의 정체를 짐작하고는 서둘러 걸음을 옮겼다.

"언제 발견한 것이냐?"

수하는 목나격의 뒤를 따르며 답했다.

"어젯밤에 마지막으로 방에 들렀을 때는 분명 평소와 같은 모습으로 정신을 못 차리고 있었습니다만… 오늘 아침에 다시 찾으니, 사라졌습니다."

"허……."

은월을 돌보던 방에 당도하니 과연 아무런 흔적도 없이 사라졌다.

"찾아라!"

일단 그의 신병을 다시 찾아야 했다.

목나격의 명령에 목이문이 분주하게 움직였다.

홍원에게 이 사실을 알려야 하건만 연락을 취할 방도가 없었기에 목나격의 얼굴에 주름이 늘었다.

"아, 그들이 있었지."

그때 목이문의 영역을 상행에 이용하는 상단이 떠올랐다. 홍원의 친구가 운영하는 상단이라 했으니 그들에게 서찰을 전하면 어떻게든 소식이 전해지리라.

목나격은 서둘러 그간의 일을 적어 수하를 통해 상단으로 보냈다.

한편 은월은 깊은 토굴에 몸을 깊숙이 숨기고는 지끈거리는 머리를 눌렀다.

"크윽."

절로 신음이 나왔으나 억지로 삼켰다.

곧 자신을 찾는 이들이 몰려올지도 몰랐기 때문이다.

'대체 뭐가 어떻게 된 것이지?'

정신을 차리니 머릿속이 뒤죽박죽이었다.

마지막 기억은 혼란스러웠다. 홍원에게 잡혀서 신문을 당하던 것과 하늘을 휘도는 거대한 검은 용의 울음.

그 둘이 마구 섞여 머릿속을 고통스럽게 하고 있었다.

일단 이 혼란을 먼저 정리해야 했다.

그 후에 움직여도 늦지 않았다.

딱딱하게 굳었던 단전의 금제에도 가는 균열이 생겨 있었다.

이곳에서 어떻게든 회복을 하고 움직여야 했다.

은월은 두 눈을 감고 운기에 집중했다.

홍원이 백풍대의 무인들과 읍성 밖의 멀리 떨어진 곳에 내던져 놓은 무인들은 오전 나절이 되어서 겨우 정신을 차렸다.

그들은 제정신을 차리고서도 믿을 수가 없었다.

어찌 사람이 그렇게 강할 수가 있단 말인가.

그들 중 단 한 사람도 홍원의 일격을 막거나 피한 이가 없었다.

검집과 도갑이 씌워져 있었기에 망정이지, 그것이 진검이나 진도였다면 그들은 모두 목숨을 잃었을 것이다.

"후우……"

"젠장……"

여기저기서 한숨과 욕설이 튀어나왔다.

"끄응."

"으으윽……."

곳곳에서 신음 소리 또한 흘러나왔다. 그들이 입은 부상은 결코 가벼운 것이 아니었다.

그들은 어떻게든 몸을 추슬러야 했기에 움직일 수 있는 이들은 하나둘 그곳을 떠나기 시작했다.

어차피 소문에 모여든 이들이다. 다른 이들을 챙길 의리 따위는 없었기에 각자의 길로 흩어졌다.

용에 대한 환상도 이번 일로 깨져 버렸다. 자신들이 모여봐야 용을 잡을 수 없다는 것을 깨달은 것이다.

다시 읍성으로 들어가기는 두려웠다.

그들 일부는 해미성으로, 다른 일부는 성현성으로 힘겨운 걸음을 옮겼다.

도무지 움직일 수 없는 이들은 그나마 몸을 쉴 수 있는 곳에서 조금이라도 회복되기를 기다린 후 움직였다.

그들이 그렇게 떠난 후, 강호에는 서서히 홍원에 대한 악담이 퍼져 나가기 시작했다.

그들이 퍼뜨린 것이다.

홍원의 일상은 똑같았다. 날이 밝으면 동면으로 향했고, 그곳에서 해가 질 때까지 흑운과 단하를 휘둘렀다.

내공을 사용하지 않았기에 추운 날임에도 금세 땀에 흠뻑 젖었다.

그럼으로써 분심에 조금씩 익숙해지고 있었다.

지금대로라면 흑운과 단하를 동시에 사용하는 것을 완성하는 데 오랜 시일이 걸리지 않을 것 같았다.

문제는 그다음이었다.

백검강과 적도강은 내공 없이 사용할 수 있는 것들이 아니었으니까.

"일단은 눈앞에 있는 것부터."

다음 단계는 그때 고민하기로 하고 홍원은 양손의 병기에 익숙해지기 위해 굵은 땀방울을 흘렸다.

톡톡톡.

손가락이 쉬지 않고 서탁을 두드렸다.

각지에서 온갖 이야기가 들어오고 있으나 할 수 있는 게 아무것도 없었기에 답답하기 그지없었다.

"허, 이번에는 용이라……."

우문기영은 어이가 없다는 듯 중얼거렸다.

"향산이라는 곳은 정말 어떻게 된 곳인지 모르겠군."

지금 자신의 손발을 묶어놓은 문주의 내공을 위한 영약을 구하러 갔던 곳이다.

그런데 그곳에서 용마저 나타나다니.

"잡아야 할까?"

우문기영의 미간에 주름이 생겼다. 아무리 아무것도 할 수 없다고 하지만 가만히 두기에는 너무나 아까운 일이었다.

한참 고민을 하던 우문기영의 머리에 문득 떠오르는 이들이 있었다.

문주의 갑작스러운 폐관으로 인해 수족이 묶여 버렸지만 그런 자신이 움직일 수 있는 이들이 있었다.

비은팔호법.

은월이 행방불명된 이상 이제는 비은칠호법이 되었지만 태상호법인 자신의 권한만으로도 이들을 움직일 수 있었다.

마침 신뇌와 거도가 읍성에 있지 않은가.

그 이후 홍원의 행보가 워낙 파격적이었기에 그들은 여전히 그곳에 있었다.

정확히는 우문기영이 호법들을 움직일 만한 일이 없었다.

북궁휘용에 의해 아무것도 못 하게 되어버렸으니.

용의 출현은 홍원과는 전혀 별개의 문제였다. 이전의 삶에서도 용이 나타난 적은 없었다.

"일단 알아보는 게 좋겠군."

우문기영은 종이를 펼쳐 글을 적어 내려가기 시작했다.

그 종이가 서찰이 되어 신뇌 앞에 당도해 있었다.

"허 참……."

신뇌는 난감했다.

이미 그 용에 관해 일어난 사달에 대해 알고 있었기 때문이다.

홍원이 읍성을 떠나고 딱히 할 일이 없었지만 그렇다고 마냥 놀기만 한 것은 아니었다.

읍성에서 표국을 운영하면서 최대한 이곳의 정보를 모았다. 지금에 와서는 읍성 어디서 무슨 일이 일어났는지 구 할은 알고 있을 정도가 되었다.

덕분에 그 용이 상처를 입었다는 것, 그 때문에 무인들이 용을 잡겠다고 눈이 벌게져서 돌아다닌 것, 돌아온 홍원에게 모두 쫓겨난 것.

그 모든 것을 알고 있었다.

"노야도 이건 포기하시는 게 좋을 것 같은데… 용의 소재를 파악하면 그다음은? 아무래도 저 괴물은 무인들이 읍성에 들어오는 것을 탐탁지 않아 하는 것 같은데……."

신뇌가 중얼거렸다.

그때 거도가 들어왔다. 그의 몸에는 온통 눈이 쌓여 있었다. 동면을 한참 헤매다가 온 것이다.

신뇌가 읍성의 정보를 최대한 수집하고 있다면 거도는 동면의 지리를 최대한 익히고 있었다.

지난번 홍원의 뒤를 쫓다가 낭패를 겪은 이후, 산의 지형을 제대로 익혀야겠다는 생각이 든 것이다. 물론 북면의 경계 근처로는 얼씬도 하지 않았다.

"뭐야?"

거도의 물음에 신뇌는 서찰을 그에게 건넸다. 서찰을 모두 읽은 거도는 고개를 가로저었다.

"불가능해. 그놈들도 미친 듯이 동면을 들쑤셨지만 나보다 깊이 들어간 사람은 없어. 아, 그 인간은 모르겠군."

그 인간이 홍원을 지칭함을 신뇌는 쉬이 알 수 있었다.

어느 순간부터 둘 사이에 홍원은 '그 인간'이 되어버렸으니까.

"사혈궁을 혼자서 깨부순 그 인간이라면 가능할지도 모르겠군."

신뇌가 고개를 끄덕이며 답했다.

두 사람은 교하운의 신위를 보았다. 그가 숭무련을 막기 위해 홀로 전장으로 향할 때, 먼 거리에서 은밀히 지켜보았었다.

교하운의 신위만 해도 입을 다물지 못할 정도였는데, 그런 교하운이 있는 사혈궁을 단신으로 박살을 낸 존재가 있었다.

장홍원.

자신들이 정체를 파헤치기 위해 읍성까지 오게 한 존재, 바로 그였다.

"동면이 분명 오르기 수월한 건 맞는데 그것도 어디까지나 중간까지야. 그 이상은 임해라고 불리는 남면 못지않아. 아니, 아예 숲의 방벽이 있는 듯해서 더 이상 오르는 건 불가능해."

거도의 말에 신뇌는 고개를 끄덕였다.

그렇다면 결국 용에 대한 것은 아무것도 못 하게 되는 것이다.

"노야께 그렇게 알려야겠군. 그러면 욕심을 접으시겠지."

"그렇겠지."

신뇌의 말에 거도는 동조했다.

"그런데 말이야."

신뇌가 무언가 느낀 것이 있다는 듯 입을 뗐다.

"응?"

"어쩌면 노야는 그 인간이 이런 괴물이란 것을 알고 있었는 지도 모르겠다는 생각이 들어……."

"그게 무슨 말이야?"

"예전부터 은월을 보내서 괴물을 찾으려고 했다는 이야기를 얼핏 들었는데… 어쩌면 노야는 자신이 찾으려던 그 괴물이 그 인간이 아닌가 하고 의심을 한 거 같단 말이지… 단리유화의 행적을 집요하게 판 것도 그 인간 때문인 거 같고……."

"흐음."

신뇌의 말에 잠시 침음을 삼키던 거도가 머리를 절레절레 흔들었다.

"나는 모르겠다. 머리 쓰는 쪽은 영……."

신뇌 역시 더 이상은 생각을 이어가지 못했다. 그보다도 이 제는 이곳을 떠나야 할 때가 된 듯했다.

홍원이 돌아왔으니 더 이상 이곳에 있을 수는 없는 노릇이다.

아무래도 그와는 선대의 연이 있으니, 그가 그 사실을 알면 자신들을 가만두지 않을 것이기에.

그렇게 그 둘은 표국을 철마표국에게 넘기고 조용히 읍성에 서 사라졌다.

우문기영에게 보내는 서찰은 읍성을 떠난 후 작성해 보냈다.

홍원은 철우와 모처럼 술을 마시다가 거도와 신뇌에 관한 이야기를 들었다.

표국을 정리하고 떠났다는 이야기였다.

'으음.'

무언가 수상했다. 자신이 돌아오고 곧 떠나다니. 그렇잖아도 그들에게 수상한 무언가가 있어 언젠가 알아봐야겠다 생각하고 있었다.

　다른 일들에 밀려서 미뤄두고 있었는데 이렇게 떠나 버렸다.

　'뭐, 어디서 온 것인지 알고 있으니.'

　천선문.

　그곳의 사람들이었다.

　언젠가 의문을 풀겠다고 마음먹을 때면 천선문을 찾아가면
되리라.

　그렇게 홍원은 그들의 생각을 머리에서 지우고 철우와 술잔
을 기울였다.

　요즘 수련에 진전이 많아 더욱 기분 좋게 술이 넘어갔다.

　자신의 정체에 이은 묵룡의 등장에 의한 여파로 세상의 눈
이 점점 읍성을 향하고 있음을 홍원은 아직 모르고 있었다.

＊　　　　＊　　　　＊

　"용이 나타났다라……."

　교하운은 보고서를 보면서 작게 중얼거렸다.

　자신이 기억하는 한 용이 실제로 나타난 적은 없었다. 누군
가가 보았다더라 하는 소문은 있었지만 이렇게 공식적으로 많
은 사람들이 증언하는 경우는 처음이었다.

　"이런 일은 무림사에서 처음 있는 일입니다."

　하후필 역시 같은 생각을 한 듯 말했다.

　"그래서?"

"향산은 분명 무언가 특별한 곳 같습니다."

교하운의 물음에 지체 없이 하후필이 답했다.

"그렇긴 하지."

마수들이 존재한다는 것부터가 그랬다.

"향산을 조사해 보는 것이 어떻겠습니까?"

야율초가 입을 열었다. 사람들의 시선이 그에게로 향했다.

"분명 무언가 더 있을 것 같습니다. 그리고 용을 잡기라도 한다면……."

하지만 그는 그 말을 채 끝맺지 못했다.

교하운과 하후필 그리고 문인백송까지 모두들 한심하다는 얼굴로 그를 보고 있었기 때문이었다.

"향산이 금지나 다름없는 취급을 받는 것을 잊었나?"

하후필이 타박했다.

"그거야 북면과 남면이고, 동면은……."

"쯧쯧쯧."

동면 소리가 나오자마자 교하운이 혀를 찼다. 그런 궁주의 행동에 야율초는 또다시 말을 끝맺지 못했다.

하후필은 머리를 절레절레 흔들고 있었다.

"나는 동면이 북면이나 남면보다 더 무서워. 북면과 남면은 사람들 입에서 입으로 전해져 오는 곳이지, 내가 겪은 곳은 아니니까. 하지만 동면에는 내가 직접 겪은 괴물이 웅크리고 있지."

교하운의 말에 그제야 야율초는 멍한 얼굴을 했다.

용의 출현에 정신이 팔려 그만 잊고 있었던 것이다. 용보다 더하면 더했지 결코 못하지 않는 존재를.

동면의 초입 읍성에 가족들과 함께 지내고 있는 홍원의 존재를 말이다.

"그렇잖아도 얼마 전에 귀가했다는 보고가 있었습니다."

문인백송이 그즈음 입을 열었다.

교하운이 인수했던 철마표국은 여전히 사혈궁의 소유로 그곳에서 소소한 정보를 수집하고 있었다.

주로 홍원에 관한 것이었다.

홍원을 어떻게 하기 위함이 아닌 그를 피하기 위한 정보 수집이었다.

야율초의 얼굴이 핼쑥해졌다.

"제, 제가… 용에만 신경을 쓰다가 까맣게 잊었습니다……."

그 모습을 세 사람은 그냥 바라보았다.

잊을 게 따로 있지 어떻게 그를 잊느냐는 듯한 눈빛이다.

"사실 나도 관심이 안 가는 게 아닌데… 아마 그 친구가 싫어할 거야, 우리가 읍성으로 가면."

교하운의 말에 문인백송이 이어서 말했다.

"그렇잖아도 읍성에 모여 있던 어중이떠중이들을 싹 쓸어냈다고 하더군요. 그들이 먼저 장 공자에게 몰려가긴 했답니다만."

"쯧쯧, 세상에 죽고 싶어 하는 인간들이 너무 많아."

교하운이 피식 웃으며 말했다.

"그치들이 지금 장 공자에 대한 온갖 욕을 하고 다닌다더군요."

하후필이 덧붙인 말에 교하운의 웃음은 더욱 진해졌다.

"그 친구는 이미 절대자야. 그런 사소한 일쯤이야."

"그래서 어떻게 하실 겁니까?"

"신경 끄고 우린 힘을 쌓는 데 집중하도록 하지. 향산이면 우리뿐만 아니라 아무도 못 가."

교하운의 말에 세 사람은 고개를 끄덕였다.

장홍원.

그가 있는 한 읍성과 향산 동면은 대륙 제일의 금지가 될지도 모를 일이다.

붉은 도와 검은 검이 허공을 수놓고 있는 가운데 새하얀 검이 허공을 노닐고 있었다.

홍원이 어느새 백검강까지 제대로 다룰 수 있게 되었다.

분심의 진전이 빨랐다.

이것도 요령이라는 것이 있는지, 제일 첫 고비를 넘기고 나니 그 이후가 수월했다.

이제는 내공을 사용해도 문제가 없는지 흑운과 단하에 은은한 검기가 어려 있었다. 홍원은 미소 띤 얼굴로 쉬지 않고 검과 도를 휘둘렀다.

종래에는 백검강으로 자신을 공격하고 단하와 흑운으로 백검강을 상대하는 수련까지 이어졌다.

"훌륭하군."

그때 등 뒤에서 들려오는 소리에 홍원이 멈칫했다.

그러나 기감으로 알아차린 상대의 정체에 금세 긴장을 풀었다.

"먼 걸음 하셨습니다, 어르신."

홍원이 검과 도를 내려놓고 산인을 향해 예를 취했다.

"오랜만일세."

산인이 홍원을 보며 빙그레 웃었다.

이곳은 어찌 알고 찾은 것일까? 이곳은 오직 홍원만의 수련장이었다.

"요즘 산이 좀 시끌시끌해서 내 있는 곳까지 그 소란스러움이 전해지더군. 그래서 무슨 일인가 해서 잠시 나와봤네. 그러던 차에 자네의 기운을 느낀 거고. 괄목상대라더니 자네의 발전 속도는 감탄밖에 안 나오는구만."

"과찬이십니다."

홍원의 겸양에 산인은 고개를 저었다.

"처음 봤을 때랑 비교가 안 되는 사람이 되었어. 아무리 감탄을 해도 부족할 지경일세."

산인의 눈은 여전히 허공에 머물러 있는 백검강으로 향했다.

"의지로 무형의 공간에 유형의 강기를 만들어내는 경지라……"

산인의 중얼거림에 홍원은 머리를 긁적이며 백검강을 흩어냈다.

"다른 이의 무공을 참고하였을 뿐입니다."

"사혈궁주겠군."

산인의 말에 홍원은 놀란 표정을 지었다.

대체 이 어른의 정체가 무엇일까라는 의문이 마음속 가득 치밀어 올랐다.

"내 알기로는 교중학은 혈혈무극귀혼창의 진정한 오의를 깨우칠 그릇이 아니었는데… 자네가 혈혈을 보았다 하니 내 안목이 틀렸나 보군."

그의 말에 홍원이 고개를 저었다.

"아닙니다. 혈혈무극귀혼창의 진면목을 제게 보여준 이는 교중학의 아들인 교하운이었습니다."

홍원의 말에 산인은 고개를 끄덕였다.

"가끔 산을 내려가면 괴짜라는 풍문은 들었었는데, 잠룡이었구만. 혈혈무극귀혼창의 진정한 오의를 깨우치다니. 하지만 그 무공의 혈혈은 약간의 편법이 있지. 자네가 그 구결을 본 것은 아닐 테니, 혈혈의 현상만을 보고 의지가 강기를 구현화하는 것을 깨우친 것 아닌가? 충분히 대단한 일일세."

홍원은 계속되는 산인의 칭찬에 몸 둘 바를 몰랐다.

"어떤가? 한번 어울려 볼 텐가? 이럴 생각은 없었는데 자네의 모습을 보니 나도 오랜만에 마음이 동하는군."

불감청이언정고소원이라.

홍원은 산인의 경지가 과연 어디에 이르렀을지 궁금했다. 흔쾌히 승낙함은 두말할 필요도 없었다.

"감사합니다."

적극적인 홍원의 태도에 산인은 빙긋 웃으며 오른손을 내밀었다.

푸른 기운이 어리며 한 자루 검이 나타났다.

순수하게 강기로 이루어진 검.

산인은 그 검을 쥐고는 팔을 늘어뜨린 채 홍원을 바라보았다.

"먼저 오게나."

홍원은 가장 먼저 단하를 뽑아 들고 산인을 향해 짓쳐 들었다.

쾅!

맹렬하고 패도적인 도격에 울린 소리였다.

산인은 평온한 얼굴로 홍원의 일격을 막았다. 단하가 어지러이 움직이며 강렬한 공격을 날렸다. 산인은 그 어느 공격도 피하지 않고 모두 막아냈다.

단 한 발자국도 물러서지 않았고, 뒤로 밀려나지도 않았다.

천년 거목과도 같이 한자리에 굳건하고 단단히 서 있었다.

홍원은 단하를 두고 흑운을 꺼내 들었다.

흑운이 몰아치는 공격도 산인은 아무렇지도 않게 흘려냈다.

천선의 오의를 모두 쏟아부었지만 소용이 없었다.

산인은 그저 아주 단순하게 검을 움직일 뿐이지만 도저히 뚫고 들어갈 틈이 보이지 않았다.

이번에는 두 자루였다.

오른손에는 흑운을 왼손에는 단하를.

이어서 바꿔 들었다.

어느 시도도 성공하지 못했다. 산인에게 공격을 성공하기는 커녕 뒤로 밀려나게도 하지 못했다.

'천외천이라……'

이제는 묵룡과 다시 싸워도 이길 수 있지 않을까 생각하던 찰나에 이런 벽을 만나다니.

홍원은 즐거웠다.

살짝 나태해질 뻔한 자신을 이렇게 다시 조일 수 있는 계기라니 기쁠 수밖에 없었다.

허공에 백검강이 모습을 드러냈다. 이어서 적도강마저 꺼내 들었다.

비록 모두 완벽하게 사용할 수 없지만 지금은 그저 비무일 뿐이다.

산인이 호의로 어울려 준다 하였으니 자신이 할 수 있는 모든 것을 펼쳐보고 싶었다.

"하나가 아니라 둘이었는가?"

적도강까지 나타나자 지금까지 평온한 채 아무런 변화가 없던 산인이 처음으로 입을 열었다.

그 얼굴에는 다시 한 번 감탄이 어려 있었다.

"내 자네를 본 지 이제 일 년이 조금 넘은 듯한데… 자네는 홀로 수십 년의 성취를 이룬 듯하군. 대단하이."

순수한 산인의 칭찬에도 홍원의 얼굴에는 아무런 변화가

없었다. 지금 이 순간은 산인과의 비무에 오롯이 집중하고 있었다.

백검강이 날아가고 적도강이 뒤를 이었다.

그리고 양손의 단하와 적운도 어지러이 움직였다.

산인의 대응에 변화가 생겼다. 하지만 큰 변화는 아니었다. 단지 검을 놀리는 속도가 더욱 빨라졌을 뿐이다.

단 한 자루의 검으로 네 개의 무기를 모두 막아내고 있었다. 백검강과 적도강은 이기어검으로 움직였기에 미처 예상하지 못하는 방위에서 공격이 날아듦에도 산인의 대응은 평온하기 그지없었다.

그런 공방이 얼마나 이루어졌을까?

산인의 검이 점점 더 영롱한 빛을 뿌리며 크기를 키웠다.

그리고 단순한 참격.

그 하나의 공격에 홍원은 뒤로 몇 발자국이나 물러서서 겨우 중심을 잡았다.

"한 번 더 가네."

산인이 경고했다.

조금 전과는 그 분위기조차 달랐다.

홍원은 네 자루의 무기로 산인이 가볍게 내려치는 참격을 막고자 했다.

그러나 역부족이었다.

그대로 뒤로 날아가 버렸다.

커다란 폭음도 없었고, 요란한 광풍도 없었다.

그저 어떻게 된 것인지도 모른 채 홍원만 뒤로 튕겨 날아 갔다.

"여기까지만 하지."

산인이 강기를 흩어내며 말했다.

"감사합니다."

어느새 산인 앞으로 다가온 홍원이 허리를 숙이며 말했다.

"아닐세. 덕분에 나도 즐거웠네. 이런 게 얼마만인지 모르겠어, 허허."

산인은 정말로 기꺼운 듯이 웃었다.

"자네 덕에 내 내려온 이유를 깜빡했군. 아무래도 묵룡이 나타난 다음에 소란스러웠던 것 같네만… 방금 자네와 한 수 겨뤄보니 그 녀석이 그랬던 게 자네 때문이로군."

산인의 말에 홍원은 다시 한 번 흠칫 떨었다.

이 어르신은 대체 모르는 것이 무엇일까?

"뭘 그리 놀라나. 그 녀석의 상처에서 느껴지던 기운이 방금 자네가 펼친 기운과 비슷해서 알게 된 걸세. 비무라도 그 일격까지는 사용하지 않은 듯하네만."

홍원은 혼이 나간 얼굴로 서 있었다.

마치 산인의 손바닥 위에서 놀고 있는 듯했기 때문이다.

이내 정신을 차리고 궁금했던 것을 물었다.

"그 묵룡은 아무래도 향산의 중심으로 날아간 것 같습니다. 중심에는 대체 무엇이 있습니까?"

홍원의 물음에 산인은 그저 웃기만 했다.

홍원도 며칠 전 중심에 대한 궁금증에 한번 동면 끝까지 올라가 본 적이 있었다.

막혀 있었다.

나무의 방벽이라 해야 할까? 그 어느 곳으로도 가지 못할 정도로 막혀 있었다.

그리 막혀 있으니 산의 길도 소용이 없었다.

"인연이 닿으면 알게 될지도 모르지."

산인은 그저 그렇게만 답했다.

"그보다 자네에게 해줄 말이 생겼구만."

"무슨 말씀이신지?"

"자네는 여전히 얽매이는 게 너무 많아 보이네. 얽매이지 않아야 하는데 얽매인다 해야 할까… 그 경지에 이르는 동안 여전히 검로와 투로에 너무 얽매이는 듯하군."

홍원은 당장은 그 말을 이해하지 못했다.

자신은 초식의 얽매임에서 벗어난 지 오래였기 때문이다.

천선이라는 무공 자체가 초식의 얽매임이 없는 무공이 아니던가.

자신이 무유팔절검해를 펼친 것도 아니고 지금은 오로지 천선만을 사용했다.

"한번 진지하게 짚어보게나. 그러면 마음이 둘, 셋이 아니라 열, 백, 천으로도 나누어질 걸세. 마음을 아무리 나눈들 그게 다른 사람의 마음일까. 그 또한 자신의 것인데, 허허."

산인은 그 말을 남기고 돌아섰다.

"언제고 시간이 되면 한번 놀러 오게나."

그리고 사라졌다.

산의 길로 들어선 것이다. 그랬기에 홍원은 천천히 걸음을 옮기는 산인의 뒷모습을 똑똑히 볼 수 있었다.

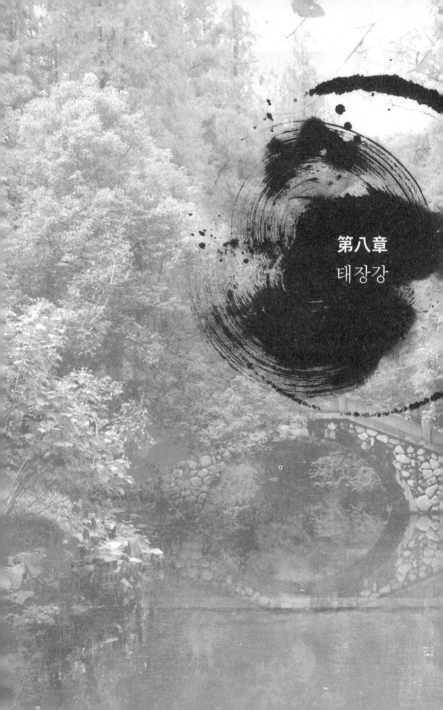

第八章
태장강

　시간은 빠르게 흘렀다.

　춥디추운 겨울이 어느새 끝자락에 이르러 나뭇가지의 꽃눈들은 기지개를 켤 준비를 하고 있었다.

　성격 급한 몇몇 매화는 어느새 꽃잎을 보여주기도 했다.

　그런 겨울의 막바지에 홍원은 종현과 뒷마당의 온천에 몸을 담그고 있었다.

　이 온천은 친구들 사이에서 명소였다.

　겨우내 얼마나 찾았는지 몰랐다. 덕분에 술자리가 좀 줄어든 것은 좋은 결과라 할까.

　가족들 역시 온천 덕에 겨우내 감기 한 번 없이 잘 넘기고 있었다.

어머니의 혈색이 더욱 좋아진 것은 당연한 일이다.

여름에는 빙고가, 겨울에는 온천이 친구들을 홍원의 집으로 부르고 있었다.

"어우, 좋다. 이 좋은 걸 열흘 만에 오다니."

종현이 양팔을 쭉 뻗으며 말했다. 그의 얼굴에는 개운함이 가득했다.

"많이 바쁜 걸 보니 돈 많이 벌었나 보다."

홍원의 말에 종현이 환하게 웃으며 고개를 끄덕였다.

"물론이지. 네 투자금은 계속해서 불리고 있는 중이다. 내 덕에 어마어마한 부자가 될 거다, 하하."

홍원은 딱히 돈이 아쉽지가 않았다. 가족들 모두 편안하고 건강하게 잘 지내고 있었고, 자신 역시 돈이 필요한 일이 없었다.

그러다 보니 돈에 대해서는 무감각해져 있었다.

상행 자체에 삶의 의미를 두는 종현과는 달랐다. 종현에게는 아마도 상단이 홍원의 무공과 같은 것이 아닐까.

친구의 기운찬 모습에 홍원도 절로 웃음 지었다.

"우리 상단이 진작 이런 규모를 갖출 수 있었으면 아주머니 병세가 그리 악화되도록 하지도 않았을 텐데… 미안하다."

문득 종현이 꺼내는 말.

이제는 아주 옛날처럼 느껴지는 때의 이야기였다.

"무슨 말을 그리하냐. 그래도 너희 덕에 어머니와 동생들이 그렇게라도 지낼 수 있었을 텐데."

은살림에서의 귀향 후 그간 친구들과 함께한 술자리와 함께
한 시간 얼마던가. 모두 함께 모인 적도 있었지만 둘 또는 셋
이렇게 따로 본 적도 많았다.

그러면서 서로 다른 친구들이 다른 친구들의 이야기를 해주
었다.

그 덕에 홍원은 친구들에 대한 고마움을 더욱 크게 가졌다.

종현의 상단이 그나마 여유를 찾은 게 자신이 돌아올 무렵
이라 했다.

종현의 상단도 홍원이 떠나 있는 동안 휘청했었다 했다. 미
처 몰랐던 사실이었다. 종현이 입을 꾹 다물고 이야기하지 않
기도 했었다.

때문에 진구나 비영도 몰랐던 사실이다.

철우만이 알고 있었다. 표국에 있었기에 상단들에 대한 정보
를 들을 수 있었던 덕이다.

그렇게 힘든 와중에도 종현은 자신의 가족들에게 최대한 신
경을 써주었다.

그 사실을 너무 늦게 알았다.

얼마 전에 이 온천에서 철우와 단둘이 있을 때 들은 것이다.

종현이 이제는 완연히 안정적으로 자리를 잡았다는 판단이
들자 철우가 조심스레 이야기를 해준 것이다.

모두가 괜찮았기에 그저 그런 일이 있었다고, 지나간 일을
아무렇지 않게 이야기할 수 있을 때를 철우는 기다린 것이다.
새삼 고마웠다.

종현은 철우와 홍원 사이에 그런 일이 있었다는 사실을 모른다. 철우도, 홍원도 굳이 이야기를 하지 않기에.

그냥 그렇게 믿으며 곁에 있는 친구들이었으니까.

종현도 이제야 그때의 아쉬움을 홍원에게 직접 이야기할 정도로 여유가 생긴 것이리라.

종현의 이야기 덕에 홍원은 막 귀향했을 당시를 다시 떠올렸다.

숭무련과 은살림의 추적을 피하기 위해 북해를 거쳐서 읍성으로 왔었다.

당시에도 딱히 돈의 필요성을 느끼지 못했기에, 그야말로 맨몸이나 다름없는 꼴로 집으로 왔었다.

그때 가족들의 상황을 봤을 때의 그 답답함.

다행히 자신에게 능력이 있었기에 어렵지 않게 문제를 해결했었다. 사부에게 배웠던 의술과 연단법으로 어머니의 병을 치료했고, 당시 배웠던 약초 채집 기술로 돈을 벌었다.

종현을 도울 수 있었던 것도 약초 채집 기술 덕분이었다.

'피 묻은 돈을 나를 위해 쓸 수는 없었지.'

홍원은 잠자코 그때를 회상했다.

은살림에서 받은 엄청난 의뢰 보수. 그 돈을 모두 썼다.

그랬기에 그런 맨몸으로 돌아오지 않았던가.

피를 씻기 위해 좋은 일을 하면서 썼다.

'그들은 어찌 되었을까?'

문득 그런 의문이 생겼다.

참 뜬금없다 싶었다. 종현과 온천을 하면서 이야기를 하다가 그런 생각이 들다니.

그래도 궁금했다.

무척 많은 돈을 사람들을 위해 썼다. 그들이 어찌 살고 있는지 보고 싶다는 생각이 강하게 들었다.

어쩌면 여전히 도움이 필요한 상황인지도 몰랐다.

"종현아."

"웅?"

"내 투자금 절반 정도 돌려받을 수 있을까?"

홍원의 생각보다 입이 먼저 움직였다. 말을 뱉고 자신도 놀랐으니까.

"돈 쓸 일이 있어?"

"갑자기 생각난 게 있어서."

홍원의 대답에 종현은 생각에 잠겼다.

"그 정도는 언제든지 줄 수 있는데… 생각보다 우리 상단이 너무 커버려서. 네 투자금이 어마어마하게 불었다. 절반 정도면 엄청난 금액이라, 네가 어디다 쓸지는 모르겠지만 너무 많을 듯한데."

종현의 말에 홍원은 살짝 놀랐다.

자신이 천화국으로의 상로를 열어준 지 이제 겨우 일 년 남짓이다.

그 짧은 시간에 대체 규모를 얼마나 키운 것일까?

"향신료 시장에서 우리 상단과 가격 경쟁이 되는 곳이 없어.

대륙 서부 쪽은 거의 다 장악했다."

홍원의 표정에서 그 생각을 읽은 것인지 종현이 빙긋 웃으며 말했다.

"덕분에 상단 규모 확장하느라 정신없이 바쁘다. 지금도 여전히."

바쁘고 잘된다니 좋은 일이다.

"놀랍네."

홍원은 짧게 자신의 감상을 말했다.

"고맙다. 네 덕이다."

종현의 얼굴에 어린 웃음이 진해졌다.

"내 생각에는 일단 일 할 정도만 회수하고, 혹시나 모자라면 말해. 바로바로 줄 테니까. 네 투자금의 절반 정도는 언제든지 줄 수 있게 준비하고 있으니까."

종현의 말에 홍원은 고개를 갸웃거렸다.

"액수가 무척 많다고 했을 텐데?"

"그렇지."

홍원의 물음에 종현이 고개를 끄덕였다.

"그런 액수를 언제든 줄 수 있게 준비하는 거보다는 상단에 쓰는 게 거래 규모를 훨씬 키울 수 있어서 좋은 것 아닌가?"

홍원의 물음에 종현은 고개를 다시 한 번 끄덕였다.

"그렇지. 하지만 그건 내 돈이 아니고 네 돈인걸. 네가 언제 필요할지 모르니 그 정도는 항상 준비해 둔 거다."

종현은 홍원의 도움을 늘 가슴 깊이 간직하며 지내고 있었다.

당장 손해를 좀 보는 한이 있더라도 언제 있을지 모를 친구의 요청을 준비하고 있었던 것이다.

"갑자기 돈 달라고 한 내가 지금 할 말은 아니다만 그렇게까지 할 필요는 없다."

홍원의 말에 종현이 그의 어깨를 툭 쳤다.

"없긴. 그렇게 한 덕에 지금 이렇게 당당히 바로 준다 말할 수 있잖아."

"그런데 대체 얼마냐?"

홍원이 갑자기 생긴 궁금증에 물었다.

"일단 서희상단이 재기한 모든 자금은 너한테서 나왔잖아. 그걸 내가 이렇게 불린 거고. 뭐, 그것도 전부 네가 남면 상로를 열어준 덕분이다만. 서희상단 지분의 육 할을 네 명의로 해 놨다."

아무렇지도 않게 말하는 종현의 말에 홍원은 잠시 얼이 빠졌다.

상단 지분의 육 할이라니.

종현의 말대로면 현재 서희상단의 단주는 종현이 아니라 홍원인 셈이다. 그리고 절반을 항시 준비 중이라면 상단 지분의 삼 할은 늘 묶여 있다는 뜻이고.

홍원은 종현을 한동안 바라보았다.

이 친구가 장사를 하는 친구가 맞나 하는 생각이 들었다.

"뭘 그렇게 봐? 내 생각에는 이 정도면 충분히 공정한 것 같은데. 모자라다고 생각하는 거냐?"

종현의 말에 홍원은 고개를 저었다.

"너무 과하다."

그 말에 종현은 피식 웃었다.

"과하긴. 이렇게 될 수 있었던 게 전부 네 덕인데. 사실 나는 네가 전부를 달라고 해도 줄 생각이다."

절대 그럴 일은 없을 것이다.

친구의 노력이 들어간 상단 아닌가.

자신이 밑천과 상로의 개척을 도와줬다 하지만 그 이외의 일은 모두 종현의 노력이었다.

거래처의 확보와 판로의 확대 및 지부의 설치 등 모두 종현의 수완이 없었으면 단시간 내에 이렇게 규모를 키우지는 못했을 것이다.

"뭐, 계속 이야기해 봐야 끝은 안 날 테니 난 이만 간다. 내일 다시 찾아오마."

종현은 물 밖으로 나와 마른 수건으로 몸을 닦고 옷을 챙겨 입고는 손을 흔들고 나갔다.

홍원은 그 모습을 가만히 지켜보았다.

내일 종현이 다시 온다는 것은 아마 돈을 들고 오겠다는 뜻이리라.

종현의 말대로 자신의 몫의 일 할만 가지고 온다 하더라도 서희상단 전체 지분의 육 푼에 해당하는 엄청난 금액이다.

금액이 많을 것이라는 종현의 말이 이제야 실감이 됐다.

"너무 많은가?"

홍원이 낮게 중얼거렸다.

온천욕을 마친 홍원은 가족들과 시간을 보낸 후 자신의 침상에 몸을 누였다.

어둠 속에 천장을 바라보며 생각을 정리했다.

"어디를 먼저 가볼까?"

자신이 도와준 이들은 많았다.

전부 세업(洗業)이라는 가명을 사용해서 돈을 보냈다.

살업을 씻기 위해 보내는 돈이라 그리했었다.

과연 자신의 살업은 얼마나 씻겼을까?

빈민가의 사람들에게, 가뭄이 든 곳에, 홍수로 고아가 된 이들에게 돈을 보냈다.

그들은 자신의 도움으로 조금이나마 나은 삶을 살고 있을까?

"태장강(太長江)을 먼저 가봐야겠군."

결정을 내렸다.

홍수로 수많은 고아들이 갈 곳 없이 헤매었던 곳.

태장강은 대륙의 남북을 나누는 거대한 대륙의 젖줄이었다.

사대세력의 북과 남의 경계를 자연으로 형성해 주는 강이었다.

서쪽의 수많은 산에서 발원한 물줄기가 한곳으로 모여 동쪽으로 도도히 굽이쳐 흐른다.

황도는 태장강의 북쪽에 위치했다.

뒤로는 태황산을, 앞으로는 태장강을 끼고 있는 위치였다.

사혈궁의 영역 중 황도에 이르지 못한 중류 지역.

그곳은 상습 범람 지역이었다.

그렇게 범람한 강물은 주변의 땅에 양분을 가득 머금은 흙을 흩뿌리고 흘렀기에 그곳은 대륙의 곡창지대 중 한 곳이었다.

하지만 홍수로 큰돈을 버는 이들도 있는 반면에 홍수 때문에 삶이 피폐해지는 이들도 있었다.

그중 가장 비참한 이들은 고아들이었다.

부모 없이 어린 나이에 홀로 내팽겨진 그들이 할 수 있는 것이라고는 아무것도 없었기에.

그들을 돕기 위해 홍원이 돈을 보냈었다.

마지막으로 보낸 것은 거의 이 년 전이었다. 숭무련으로 살업을 떠나기 전에 남은 돈을 모두 보낸 것이 마지막이었으니까.

이제 그곳을 찾아봐야겠다 마음먹었다.

지금껏 돈만 보내고 한 번도 찾지 않았던 곳을 직접 봐야겠다 싶었다.

결정을 내린 홍원은 조용히 눈을 감고 잠에 빠져 들었다.

다음 날 이른 아침에 종현이 찾아왔다.

전표 다발을 한가득 홍원에게 안기고는 손을 흔들고 바쁘다며 돌아갔다.

전표의 액수를 확인한 홍원은 기함했다.

정말 상상을 초월하는 금액이었기 때문이다. 그런데 이게 겨우 일 할이라니.

종현의 상재가 보통이 아니었다.

"정리할 것도 모두 정리했고. 그럼 다시 슬슬 떠나봐야지."

산인이 준 숙제는 아직 감도 못 잡고 있었다.

하지만 애초에 수련의 목적은 어느 정도 이루었다.

분심으로 네 개의 무기를 모두 마음대로 다룰 수 있게 된 것이다. 산인과의 비무가 큰 도움이 되었다.

이제 다시 유람을 나설 참이다.

그 목적지는 정해졌다.

겨울과 봄의 기운이 뒤섞여 있는 때에, 홍원은 가족들을 떠나 태장강의 어느 마을로 걸음을 뗐다.

거대한 강은 도도하게 흘렀다.

바람을 타고, 강의 흐름을 타고 움직이는 배의 위에서 홍원은 주변의 풍경을 둘러보고 있었다.

이렇게 배를 타고 이동하는 것도 오랜만의 일이다.

태장강의 거대함이 홍원의 가슴을 시원하게 만들어주었다.

이제 바람에서 따스한 기운이 느껴진다.

봄이 찾아온 것이다.

겨우내 움츠러들었던 만물이 소생하는 계절이지만 사람에게는 힘든 계절이기도 하다.

수확하여 저장한 식량들이 떨어져 갈 즈음이 다가오고 있는 것이다.

이런 계절은 늘 그렇듯이 가난한 사람들을 더욱 힘들고 비참하게 만든다. 부유한 이들은 충분한 식량이 비축되어 있지만 가난한 이들은 그렇지 못하니.

봄의 한가운데 들어서 보리라도 수확되어야 그들이 먹을 것이 생길 텐데.

이른 봄인 지금이 제일 힘든 시기다.

더 이상 먹을 것이 없는 이들은 산으로 들로, 먹을 것을 구하러 헤맨다.

초근목피.

그것이라도 구해서 연명해야 하는 것이다.

홍원의 눈에 그런 이들은 보이지 않았다. 그럴 수밖에 없는 게 여행이라는 것도 어느 정도 여유가 있어야 할 수 있는 것 아니던가.

배를 타고 이동을 하는 지금은 더욱 그랬다.

상행을 하는 이, 유람을 하는 이, 온갖 군상들이 배에 타고 있었지만 먹지 못해 힘들어하는 이는 없었다.

"그곳은 어떨까?"

아마도 이렇지 않을 것이다. 그래서 종현에게 이야기해 돈을 받아오지 않았던가.

분명 다시 돈을 쓸 일이 생길 터였다.

홍원의 여정은 평온했다.

사대세력이 정립된 후 대대적으로 자신들의 세력권을 정비한 덕이다.

작은 도적들은 몰라도 거대한 도적단들은 모두 소탕이 되었다.

수로채니, 녹림이니 하는 이들도 모두 옛이야기가 되었다. 그랬기에 황제가 그들을 왕으로 임명한 것이 아니던가.

덕분에 여행객들이나 상단의 이동이 더욱 활발해졌다.

그렇게 며칠을 항해해서 목적한 마을 근처의 작은 항구에 도착했다.

홍원은 배에서 내려 천천히 걸음을 옮겼다.

아직은 활발한 기운이 가득했다.

마을에 들어서서도 마찬가지였다. 읍성과 같은 활발하고 평온한 마을이었다.

"다행이군."

홍원은 고개를 끄덕이며 중얼거렸다.

이제 목적한 곳을 찾을 차례였다. 홍원은 길 가는 이를 붙잡고 물었다.

"실례합니다. 세세원(洗世院)이라는 곳을 찾고 있습니다만 어디로 가면 되는지요?"

길을 가던 장한은 홍원의 물음에 그를 위아래로 살폈다.

"그곳에는 무슨 일로 그러시오?"

대답 대신 돌아온 질문.

"인연이 있는 사람이 있어 잠시 만나러 왔습니다."

홍원의 답에 그는 가만히 고개를 끄덕이고는 길을 알려주었다.

"요즘 그곳 사정이 그리 좋지 못하다오."

마지막으로 덧붙인 말이 홍원의 가슴 한곳을 답답하게 만들었다.

홍원은 알려준 길을 따라 천천히 걸었다. 마을 외곽에서도 제법 떨어진 곳이었다.

그곳에 작은 장원이 자리하고 있었다.

세세원이라는 편액이 보였다. 이곳저곳이 부서지고 상한 것이 관리가 제대로 안 되고 있는 듯했다.

"계십니까?"

홍원이 문 앞에 서서 크게 외쳤다.

안에서 사람이 움직이는 기척이 느껴졌다.

잠깐 후 문틈이 아주 작게 열렸다. 그 사이로 열서너 살 정도 되어 보이는 여자아이가 빼꼼 얼굴을 내밀었다.

"누구세요?"

깡마른 아이의 얼굴에는 경계심이 역력했다.

"황약수라는 사람을 찾아왔다만."

"원주님이요?"

홍원의 답에 아이는 조금 더 불안한 얼굴로 물었다. 홍원은 고개를 끄덕였다.

"장죽이라는 사람이 왔다 전하면 될 거다."

홍원은 최대한 온화한 목소리로 이야기했다. 홍원이 이곳에 돈을 보낼 때 사용한 가명이 장죽이었다.

장홍원의 장과 죽림의 죽을 합쳐 대강 만든 가명이었다.

"네."

대답을 한 아이는 다시 문을 닫고 안으로 들어갔다. 홍원은 문 앞에 서서 가만히 기다렸다.

극도의 경계심을 가진 이들이 있는 곳에서 괜히 이들을 자극할 이유는 없었다. 자신은 다만 이곳이 어찌 되었나 알아보기 위해 온 것일 뿐이 아니던가.

잠시 뒤 문을 향해 다가오는 기척이 느껴졌다.

문이 활짝 열렸다.

홍원의 이름을 들었으니 당연한 일일 것이다.

"장죽 선생이시라고요?"

문을 열고 나온 초로의 사내가 반색을 하며 뛰어나왔다.

"처음 뵙겠습니다. 장죽이라 합니다."

"아, 제가 이곳의 원주를 맡고 있는 황약수입니다. 어서 들어오시지요. 그간 아무 소식이 없으셔서 걱정을 많이 했습니다만 이렇게 얼굴을 뵙게 되는군요."

황약수는 홍원을 반기며 안으로 데리고 들어갔다. 그러면서 문을 단단히 단속하는 것이 아무래도 무슨 일이 있기는 있는 것 같았다.

홍원은 황약수의 안내에 따라 그의 허름한 방에 자리했다.

"형편이 여의치 않나 봅니다."

홍원의 말에 황약수의 안색이 어두워졌다.

"뵐 면목이 없군요. 그간 많은 도움을 주셨는데… 겨우 이런 꼴이나 보여 드리고요."

황약수의 진심이 고스란히 드러났다.

"아이들은 괜찮은 겁니까?"

"작년에도 큰 홍수 때문에 고아들이 많이 생겼습니다. 제가 거둔다고 거뒀습니다만… 형편이 그리 넉넉하지는 않아서 말입니다. 지금 대강 서른 명 정도 제가 돌보고 있습니다."

적지 않은 수였다.

이곳은 황약수가 직접 세워 운영을 하는 곳으로 주변의 사람들로부터 도움을 받아가며 운영을 했다.

홍원도 우연한 기회에 이곳을 알게 되어 적지 않은 후원을 했었다. 황약수의 입장에서는 가뭄의 단비 같은 도움이었다.

그래서 인편을 통해 홍원에게 꼬박꼬박 후원금의 사용처나 운영 상태를 알려왔었다.

전장에 서찰을 맡기는 식으로 전했었다.

서로를 직접 대면하는 것은 홍원이나 황약수나 지금이 처음이었다.

황약수는 홍원이 생각하던 대로의 인물인 듯했다. 정이 많고, 깨끗해 보이는 인품이 절로 느껴졌다.

하지만 그런 그의 얼굴에는 걱정이 가득했다.

"그렇잖아도 마을에서 이곳으로 오는 길을 물으니, 이곳 사정이 여의치 않다고 하더군요. 무슨 일이 있으십니까?"

홍원의 물음에 황약수는 고개를 들지 못했다.

"뵐 면목이 없습니다. 마을 내 작은 집에서 겨우 대여섯 명의 아이나 돌보던 제가 장죽 선생 덕에 이렇게 많은 아이들을 돌볼 수 있게 되었습니다."

홍원의 후원이 황약수에게 큰 도움이 되었기에 그는 늘 홍원을 선생이라 불렀다.

서찰에도 늘 그랬다.

이 세세원도 홍원이 보낸 돈으로 땅도 사고 건물도 지은 것이다.

그 이야기도 이미 서찰로 받아 보았었다.

은살림을 떠나며 모든 흔적을 지웠기에 그 이후의 소식은 몰랐다.

"전에 알려주신 대로 괜찮은 장원인 것 같습니다."

"후우."

홍원의 말에 황약수는 깊은 한숨을 쉬었다.

"모든 것이 저의 업보입니다……."

그 말을 하는 황약수는 여전히 고개를 숙이고 있었다. 홍원은 그런 그를 제대로 보지를 못했다.

"아까 문을 열어준 아이의 얼굴을 보니 사정이 어려워 보이긴 합니다. 제가 그간 소식도 전하지 못하고 도움도 제대로 못드려 마음이 무겁군요."

홍원의 말에 황약수는 고개를 세차게 저었다.

"아닙니다. 장죽 선생께서 마지막으로 보내주신 돈도 넘치도록 많았습니다. 그 돈이면 여전히 충분히 여유롭게 운영을 할 수 있었을 겁니다."

"하면 대체 무슨 일인 겁니까?"

홍원의 얼굴에 의문이 떠올랐다.

아무리 봐도 지금 이곳의 상황은 정상이 아니었다. 무슨 사달이 있었던 게 분명했다.

"모두 제 잘못입니다. 사람을 잘못 본 제 탓이지요."

황약수의 두 눈이 붉게 변했다.

그러면서 천천히 저간의 사정을 이야기하기 시작했다.

보통은 세세원에서 아이들을 돌보며 운영을 하는 것이 황약수의 일이었다. 하지만 큰 홍수가 나거나, 춘궁기가 심하게 들거나, 큰 가뭄이 들거나 하는 때에는 인근을 떠돌았다.

고아가 되어 버려진 아이들이나 떠도는 아이들을 데리고 오기 위해서였다.

간혹 나쁜 마음으로 그런 아이들을 데리고 가는 이들도 있었기에 불쌍한 아이들을 잘 돌보기 위해 데리고 오는 것임에도, 그 또한 쉬운 일이 아니었다.

관청에 가서 신분을 증명해야 했고, 허락도 받아야 했다.

결코 작은 일이 아니었다.

이 마을에 고아가 없다 하여 가만히 있지 않은 그는 인근 마을로 점차 활동 범위를 넓히며 더 많은 곳을 돌아다녔다.

그랬기에 이곳에 서른에 이르는 아이들이 있는 것이다.

이미 다 커서 떠난 아이들도 있는 것을 생각하면 참으로 많은 수였다.

개인이 결코 홀로 감당할 수 없는 수였다.

자금의 측면에서는 홍원의 도움이 있었기에 큰 문제가 없었다. 홍원 외에도 음으로 양으로 도와주는 후원자들이 있었다.

단지 그가 세세원을 비우는 동안 아이들을 돌봐줄 사람이 필요했다.

그래서 믿을 만한 이들을 고용을 했는데 거기에서 문제가 시작되었다.

황약수가 세세원에 있을 때는 아무 문제가 없었다. 그들은 성실하고 따뜻한 마음으로 아이들을 돌보고 세세원을 관리했다.

하지만 재해가 닥쳐 황약수가 새로운 아이들을 찾아 나설 때 그들은 돌변했다.

세세원의 식량을 빼돌려 착복하고, 아이들을 학대했으며, 마치 제 세상인 양 온갖 패악을 저지른 것이다.

그들은 애초에 세세원의 사정을 알고 황약수가 자리를 비울 때를 노리고 이곳에 온 것이었다. 황약수는 그 사실을 까맣게 모르고 작년 대홍수 때 자리를 비웠다.

그 결과가 지금이었다.

황약수가 새로이 여섯의 아이들을 데리고 돌아왔을 때 그들 세 사람은 이미 사라진 후였다.

세세원의 모든 재산을 가지고 사라졌다. 아이들은 방치되어 있었다. 무려 엿새 동안 아이들은 아무것도 먹지 못했었다.

그나마 황약수가 전장에 보관하던 돈이 있었기에 급한 대로 아이들을 돌볼 수는 있었다.

하지만 그들 세 사람이 저지를 일은 그 정도가 아니었다.

세세원을 담보로 사채까지 끌어다가 도망간 것이다.

사람을 너무나 믿고 모든 것을 허술히 관리한 황약수의 잘못이었다.

"작년에 그런 사정도 모두 써서 늘 보내던 곳으로 서찰을 보냈습니다. 아무 소식이 없으셔서 이런 못난 제 모습에 실망하시고 더 이상 도움을 주지 않으려 하신다 생각했습니다."

마지막 말을 할 때 황약수는 눈물을 뚝뚝 흘리고 있었다.

오십이 넘은 나이의 그가 흘리는 그 눈물은 못내 가슴이 아팠다.

홍원은 모든 이야기를 듣고 나니 어이가 없었다. 그로서는 생각도 못 해본 일이었기 때문이다.

"허."

낮은 한숨을 내쉴 뿐, 잠시 동안 할 말을 잊었다.

쾅! 쾅! 쾅!

그때 세세원의 정문에서 요란한 소리가 울렸다.

"사채꾼들이 왔나 보군요. 오늘이 그들이 돈을 받으러 오는 날입니다."

그래서였나 보다. 아이의 경계심 가득한 그 얼굴은.

황약수는 힘없는 걸음으로 정문으로 향했다. 오늘은 또 어떤 모진 꼴을 당할까 걱정하면서.

문을 여니 험상궂은 인상의 사내 셋이 서 있었다.

드러난 굵은 양팔에는 온갖 흉터와 문신이 가득했다.

"어이, 황 원주. 오늘 돈 줘야지."

비릿하게 웃는 그의 얼굴은 잔인하기 그지없었다.

홍원은 몇 발짝 떨어져 그들이 하는 양을 가만히 지켜보았다.

"여기 있소이다."

이미 그들이 오는 날이라 준비를 해둔 듯 황약수는 품에서 돈주머니를 꺼내 건넸다.

사내는 무게를 잠시 가늠하고는 고개를 끄덕였다.

"이번에는 맞군, 크크. 잘 갚아야 할 거야. 그렇지 않으면 이곳은 우리 거니까. 굳이 먼 곳에서 이곳까지 오는 우리 수고를 생각해서라도 밀리면 안 돼."

주머니를 열고 액수를 마저 확인한 사내는 고개를 끄덕이고는 물러났다.

홍원은 말없이 그 모든 행동을 지켜보았다.

사내들이 떠난 후 몸을 돌린 황약수의 얼굴은 시뻘겋게 변해 있었다.

"면목이 없습니다."

그 짧은 말뿐이었다.

"돈은 어떻게 마련하시는 겁니까?"

홍원이 머릿속에 떠오른 의문을 물었다. 이곳은 여러 사람의 후원으로 운영이 되는 곳이다. 이곳의 재산을 모두 훔쳐 달아난 이들이 있는 이상 운영도 어려운 상태일 터.

저렇게 돈을 갚을 수 있을 리 없었다.

"후우."

황약수는 벌게진 얼굴로 긴 한숨을 내쉬었다.

"제가 나가서 막일을 합니다. 일손이 필요한 곳이면 어디든요. 그리고 장성해서 세세원을 떠난 아이들도 조금씩 도와주고요."

"그걸로는 부족하지 않습니까?"

"부족하지요."

황약수의 두 눈이 시뻘겋게 변하며 눈물이 뚝뚝 떨어졌다.

"해서 아이들을 제대로 먹이지를 못합니다. 먹는 것마저 아껴야 하니까요."

그리 말하는 황약수의 팔뚝도 앙상하게 말라 있었다. 아마도 가장 못 먹는 이는 그 자신일 것이다.

"허어."

홍원이 입에서 탄식 같은 한숨이 흘러나왔다.

"저놈들과 연관된 것을, 아니, 후원도 대부분 끊겨 어쩔 수가 없습니다. 하지만 이곳에서 쫓겨나 집도 없이 떠도는 걸 생각한다면… 힘들더라도 버텨야지요."

그의 목소리에는 힘이 없었다.

"그래서 얼마나 갚은 겁니까?"

"원금은 하나도 갚지 못했습니다. 다달이 이자만 갚는 걸로도 이리 힘들군요."

언젠가는 파국으로 치달을 아슬아슬한 생활을 이어가고 있었다.

사채란 이자에도 이자가 붙는다.

단 한 번이라도 이자를 갚지 못하는 달이 생기면 원금이 불어날 것이고 그때부터는 그야말로 악순환이 반복되리라.

거친 황약수의 손을 보니 어떻게든 그런 상황을 막기 위해 안간힘을 쓰고 있지만 그것도 이제 한계에 부딪힌 듯했다.

"오늘은 저들이 오는 날이라 기다리고 있던 참입니다. 이제 이달 치를 줬으니 저는 또 일을 하러 나가봐야 합니다. 모처럼 이리 찾아오셨는데 정말 죄송합니다."

황약수는 허리를 꾸벅 숙였다.

홍원은 고개를 끄덕이고는 세세원의 한 곳에 자리를 잡았다. 그사이 황약수는 일할 채비를 하고는 세세원을 떠났다.

사채꾼들은 아마 아직 이곳을 비싼 값에 팔 만한 이를 찾지 못했을 것이다.

만약 찾았다면 이리 순순히 정해진 시간에 찾아와 이자를 받아가지도 않았다.

그들은 그리 친절한 이들이 아니다.

어떻게든 빚을 늘리기 위해 이자를 내려 해도 낼 수 없게 이리저리 피해 다닌 후, 이자를 내지 않았다면서 원금을 늘려가 세세원을 빼앗을 것이다.

사채꾼들의 생리는 뻔했다.

홍원도 살수라는 뒷세계에 있었기에 그들의 생리를 잘 알았다.

같은 뒷세계의 삶이 아니었던가.

홍원이 잠시 생각에 잠긴 사이 주변에 기척들이 느껴졌다. 아이들이었다.

갑작스레 찾아온 손님이 누구인지 궁금한 탓일 게다.

홍원이 주변을 둘러보았다.

다양한 연령대의 아이들이 여기저기 숨어서 쭈뼛거리며 홍원을 바라보고 있었다.

하나같이 깡말라 있었다.

그 모습을 보니 이러고 있어서는 안 되겠다는 생각이 들었다.

홍원은 자리를 털고 일어나 세세원의 정문으로 향했다.

"잠시 다녀올 테니 기다리고 있거라."

대답이 있을 리 없는 말을 남기고 홍원은 마을로 내려갔다.

그곳에서 고기와 채소, 쌀을 잔뜩 샀다.

너무 많은 양이었기에 과연 홀로 가지고 갈 수 있을까 했지만 홍원에게는 문제가 없었다.

싸전에서 작은 수레를 빌려 그곳에 모두 실었다.

"아이고, 손님. 감사합니다. 수레는 내일 가져다주시면 됩니다, 헤헤."

싸전의 주인은 양손을 비비며 홍원에게 허리를 꾸벅 숙였다.

그럴 수밖에 없었다.

춘궁기에 접어든 지금은 사람들이 초근목피로 연명을 할 때다. 즉, 쌀이 가장 비싼 시기란 뜻이다.

이런 때에 저토록 많은 양의 쌀을 현금으로 사가는 손님이니 허리가 절로 접힐 수밖에.

"고맙소."

"혹, 수레를 끌 나귀나 말은 필요 없으신지요? 제가 저렴하게 빌려줄 곳을 소개해 드릴 수도 있습니다."

누가 봐도 사람이 끌고 갈 수 있는 수레는 아니었다. 아니,

끌 수는 있으되 멀리 가지 못하고 지칠 양이었다.

말이 안 되면 최소한 나귀라도 있어야 했다.

하나 홍원은 아무렇지도 않게 수레를 끌고는 걸음을 옮겼
다.

싸전의 주인은 입을 떡 벌리고는 그 모습을 멍하니 지켜보았
다.

이 마을은 작은 곳이었다. 당연히 이런 홍원의 기행은 금세
소문이 났다.

싸전의 주인이 다른 이들보다 입이 싼 것도 한몫했다. 마을
에서 발이 넓은 만큼 입이 가벼웠던 것이다.

홍원은 수레를 끌고는 다시 세세원에 도착했다.

문을 두드리자 빼꼼히 열렸다. 홍원이 처음 왔을 때 문을 열
어줬던 그 아이였다.

아마도 문을 여는 것은 이 아이의 일인 듯했다. 홍원은 그것
도 마음에 들지 않았다.

어찌 이리 어린 여자아이가 문을 열게 한단 말인가.

사채꾼들이 매달 찾아오는 상황에서 무슨 일이라도 생기면
어쩌려고.

홍원의 얼굴을 확인한 아이는 문을 활짝 열어주었다. 뒤에
있는 수레도 본 것이다.

수레를 끌고 마당 안으로 들어갔다.

"부엌은 어디냐?"

홍원의 물음에 예의 그 아이가 홍원을 안내했다. 부엌은 충

분히 컸다.

많은 아이들의 식사를 해야 하니 여유 있게 만든 것이다.

그러나 여기저기 처진 거미줄과 뽀얀 먼지는 한참 동안 이곳을 쓰지 않았음을 알려주었다.

사용한 흔적이 있는 곳은 극히 일부였다.

"후우."

그 모습에 절로 한숨이 나왔다. 대체 오늘 이 짧은 시간 동안 한숨을 얼마나 쉬었는지 모를 지경이었다.

"일단 청소부터군."

그러자면 청소 도구부터 찾아야 했다.

"아이야."

"소혜, 진소혜예요."

홍원이 여자아이를 부르자 똑소리 나게 자기 이름을 알렸다.

"그래, 소혜야. 이곳은 청소를 먼저 해야 할 것 같은데 도구는 어디에 있니?"

"저기에 있어요."

그러면서 다시 홍원을 안내했다.

아이들은 여전히 여기저기 숨어서 홍원의 하는 양을 지켜보았다.

그 모습에서 홍원은 의문이 하나 풀렸다.

왜 이 어린아이가 문을 여는가 했더니, 이곳에 있는 아이들 중 가장 배포가 컸다.

우물에서 물을 길어다가 부엌 청소를 먼저 했다.

소혜는 옆에서 작은 손으로 열심히 홍원을 거들었다. 그런 모습에 아이들이 하나둘 쭈뼛거리며 오더니 청소를 도왔다.

겁이 많을 뿐 심성은 착한 아이들이었다.

'황약수 원주 덕이겠지.'

주변을 보고 닮아가는 것이 아이들이다. 황약수가 평소 보여준 모습이 아이들의 이런 심성을 만들었을 것이다.

홍원은 청소가 끝난 후 수레를 덮은 천을 벗겼다.

그 속에 드러난 내용물을 본 아이들은 눈을 부릅떴다. 상상도 못 한 것들이 나타난 것이다.

쌀과 고기, 채소들이라니.

먹을 것이 나타났다는 사실에 아이들의 눈이 세차게 떨렸다.

꿀꺽.

누군가가 침을 삼키는 소리도 들렸다.

그러나 그 누구도 수레에 다가가거나 홍원에게 먹을 걸 달라는 아이는 없었다.

이런 것은 교육이었다. 평소 황 원주가 아이들을 어찌 가르치는지도 알 수 있었다.

"소혜야, 좀 도와다오."

소혜와 함께 홍원은 커다란 솥에 쌀을 담고 고기와 채소를 손질해 넣었다.

그리고 물을 가득 붓고는 불을 땠다.

장작이 충분해서 다행히 음식을 하기 전에 나무를 하러 가야 하는 일은 없었다.

하지만 아이들을 먹인 후에는 나무를 해 와야 할 듯했다. 이 땔감들은 모두 난방을 위한 것이지 요리를 위한 것이 아닐 테니 말이다.

아이들의 눈은 모두 솥에 고정되어 떨어질 줄을 몰랐다.

홍원은 그런 아이들의 시선에 아랑곳 않고 솥뚜껑을 덮고는 계속해서 불을 지폈다.

한참 후에는 뚜껑을 열고 커다란 주걱으로 계속해서 내용물을 저었다.

고소하고 맛있는 냄새가 술술 풍겼다.

아이들은 저마다 침을 삼켰다. 저 정도 양의 음식을 하는 이유는 바보가 아닌 이상 알 수 있었다.

아마도 자신들이 먹으라고 하는 것일 테다.

만약 그것이 아니라, 저 많은 음식을 홀로 먹기 위해 이러고 있다면 저 아저씨는 한 달에 한 번 찾아오는 그 무서운 아저씨들보다도 더한 악마일 것이다.

이렇게 심한 고문이라니.

소혜도 어느새 눈을 떨며 침을 꼴깍 삼키고 있었다.

홍원은 내심 웃음 지으며 묵묵히 주걱을 계속 저었다.

보아하니 아이들은 상당히 굶주렸다. 하루 한 끼 아니면 이틀에 한 끼는 먹었을까 싶었다.

그런 상태에서 갑자기 과한 음식이 들어가면 탈이 난다. 몸이 적응을 못 하는 것이다.

그래서 홍원은 죽을 쑤고 있었다. 위장에 부담을 주지 않을 정도로 충분히 쑤어야 했기에 계속해서 불을 지폈다.

고기와 채소도 들어갔기에 더 많이 끓였다.

녹아서 흐물거릴 정도로 익혀야 했다.

먹을 만해졌다는 생각이 들었을 때는 어느새 해가 뉘엿뉘엿 저물고 있었다.

그즈음 일을 나갔던 이들이 돌아왔다.

들어오는 아이들은 여섯 명이었는데 모두 열일곱, 열여덟은 되어 보이는 남자, 여자 아이들이었다.

그들은 생각지도 못한 상황에 어쩔 줄을 몰라 했다.

그때 깜짝 놀란 황약수의 목소리가 들렸다.

"장죽 선생, 이게 대체 무슨 일입니까?"

세세원을 가득 채운 고소한 죽의 냄새에, 수레에 가득한 음식들, 그리고 깔끔하게 치워진 부엌까지.

"제가 좀 출출해서 죽이라도 쑤어 먹으려고 장을 좀 봐왔습니다. 한데 제가 손이 좀 큰 편이라 양이 많군요. 마침 오셨으니 함께 드시지요."

홍원이 빙그레 웃으며 말하니, 황약수의 눈가가 붉게 변했다.

"우와!!"

그런 황약수의 심정을 아는지 모르는지 아이들은 함성을 질렀다.

홍원이 함께 먹자고 한 말을 똑똑히 들은 것이다.

"자, 자기가 먹을 그릇을 가지고 오너라."

그 말에 아이들이 바쁘게 움직여 홍원 앞에 줄지어 섰다.

여기저기 이가 빠진 그릇을 소중한 보물인 양 꼭 안고 있었다.

"뜨거우니 잠시 있다가 먹어야 한다."

홍원은 그릇 하나하나에 죽을 적당히 담아주었다. 마음 같아서는 가득 담아주고 싶었으나, 그랬다가는 탈이 나기 십상이었다.

아이들 중 가장 마지막에 받아간 이는 소혜였다.

그리고 장성한 아이들이 죽을 받아가고 황약수까지 죽을 받아갔다.

그 많던 죽이 모두 사라졌다.

정작 홍원이 먹을 것이 없었다. 하지만 홍원은 이미 배가 불렀다.

홍원은 황약수와 함께했다.

"장성해 떠난 아이들만 일을 하는 것은 아니었군요."

그 말에 황약수가 고개를 끄덕였다.

"네. 제가 이곳을 비울 동안 아이들을 돌보고 있으라고 해도 말을 듣지 않더군요. 한 손이라도 보태야 한다면서요. 그 때문에 남은 아이들은 소혜가 돌보고 있습니다. 가장 영특한 아이라서요. 제가 참으로 못할 짓을 하고 있는 거지요."

황약수의 목소리는 뒤로 갈수록 점점 작아졌다.

"어디에 있는 이들입니까?"

"네?"

의미를 알 수 없는 홍원의 물음에 황약수가 되물었다.

"그 사채꾼들 말입니다."

"아⋯⋯."

홍원의 물음의 의미를 알아차린 황약수는 나직한 탄성을 흘렸다.

"무서운 사람들입니다, 장죽 선생."

그 말이 가장 먼저 나왔다.

"사채꾼들이야 다 그렇지요."

홍원은 대수롭지 않게 말했다.

"이미 너무나 큰 도움을 받았습니다. 오늘 도와주신 것만 해도⋯ 제가 멍청하여 일이 이리된 것인데, 어찌 장죽 선생께서 나서시려 하십니까."

황약수의 말에 홍원은 빙그레 웃었다.

이런 사람을 그간 도와줬다는 생각에 기분이 좋아진 것이다. 피가 진득하게 배었던 그 돈들은 아마도 피가 깨끗이 씻겨 나갔으리라.

"원주의 손은 아이들을 돌봐야 할 손이지, 사채꾼들의 배를 불리기 위해 막일을 할 손이 아닙니다."

"크윽."

홍원의 그 말에 결국 황약수의 울음이 터졌다.

오늘 하루 종일 참고도 참았던 울음이 서럽고도 서럽게 황약수의 입에서 터져 나왔다.

"크으윽, 크헝, 엉엉."

나이 든 이의 울음이었다.

홍원은 자리를 비켜주었다. 그가 실컷 울도록, 가슴 가득한 울분이 좀 씻겨 나가도록 그래주었다.

그의 울음은 대륙을 가로질러 도도히 흐르는 태장강보다도 깊고도 넓은 설움으로 가득하리라..

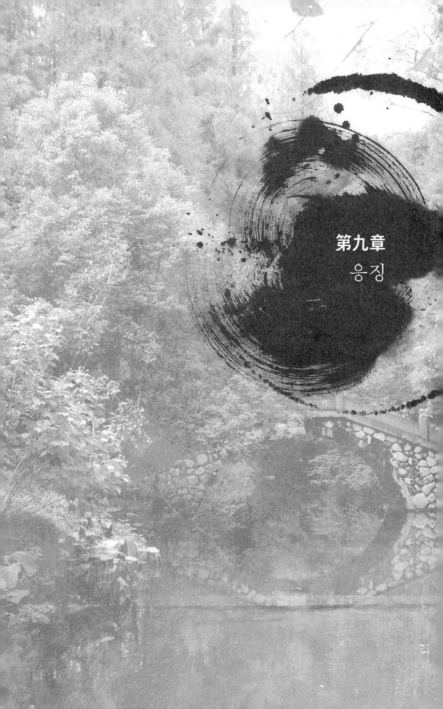

第九章
응징

  홍원은 지게를 지고 세세원의 문을 나섰다. 어두운 밤이었으나 홍원에게 문제가 될 일은 없었다.

  죽을 끓이느라 사용한 장작을 다시 해야 했다. 봄이 되었다고 하지만 산 초입에 위치한지라 밤에는 추울 터, 이왕 하는 것 좀 많이 해야겠다 생각했다.

  홍원은 깊은 곳으로 걸음을 옮겼다.

  나무를 하는 것은 금방이었다. 강기를 머금은 단하가 움직일 때면 금세 나무가 쓰러졌다. 그것을 적당한 크기로 잘라 지게에 올리면 그만이었다.

  나무를 쌓고 또 쌓았다. 애초에 장작으로 쓸 수 있게 잘라서 쌓았다. 지게를 가득 채우는 것은 순식간이었다.

세세원에 장작을 내려놓고 다시 산으로 가려 했다. 이왕 하는 것 충분할 정도로 해주는 것이 좋겠다 싶었다.

막 다시 나가려는 홍원을 황약수가 발견했다.

"장죽 선생!"

황약수가 큰 소리로 홍원을 불렀다.

실컷 울고 가슴의 응어리를 좀 풀어낸 모습이다.

"이제 좀 진정이 되십니까?"

황약수를 보며 홍원은 웃었다.

"네, 덕분에요. 정말 감사합니다. 한데 이건 대체 어찌 된 것입니까?"

가득 쌓인 장작을 보고 온 황약수였다.

"아까 죽을 끓이느라 좀 많이 쓴 것 같아서 채워둔 겁니다. 이왕 하는 김에 좀 더 할까 하고요."

"감사합니다."

황약수는 꾸벅 허리를 숙였다. 그가 할 수 있는 것이라고는 이것이 전부였다.

그날 밤 홍원은 자기 체구의 세 배에 이르는 장작을 네 번을 더 날랐다. 그럼에도 금방이었다.

동 트기 전 반 시진 정도 눈을 붙인 홍원은 아침에 다시 한 번 죽을 끓였다.

평소라면 늦잠을 자고 있을 아이들도 고소한 죽 냄새에 순식간에 눈을 뜨고 모였다. 아이들이 맛있게 먹는 모습을 기꺼운 마음으로 지켜본 홍원은 세세원을 나섰다.

제일 급한 것을 해결했으니, 이제 세세원의 문제를 해결할 차
례였다.

'사채꾼들이 이 작은 마을에 있을 리는 없을 터. 근처 성에서
온 자들이겠지.'

세세원이 있는 곳은 옆강 마을이라 불리는 곳의 외곽이었다.
이 마을을 관할하는 성은 채미성이라는 곳인데 황제의 직할령
과 숭무련, 경천회와 경계를 접하고 있는 곳으로 나름의 요충지
에 상당히 크고 번화한 곳이었다.

홍원은 마을을 떠나 곧장 채미성으로 향했다.

이런 곳이라면 사채꾼들이 여럿 있을 것이다. 그중에서 세세
원의 채권을 가진 이들을 찾아야 했다.

황약수에게 직접 물어보는 것이 가장 빠를 테지만 그러면
그가 크게 걱정할 것 같았다.

어제오늘 그가 하는 양을 봐서는 홍원의 바짓가랑이라도 잡
으며 말릴 것 같았다. 그렇게 하게 둘 수는 없었기에 그저 볼일
을 좀 보고 다시 들르겠다며 길을 나선 것이다.

사채꾼들에게 진 빚을 갚아주는 것이야 홍원에게 아무것도
아니었다. 단지 그리하면 그들의 배만 불려주는 것이기에 그러
기가 싫었다.

세세원의 재산들 훔쳐 달아난 자들도 찾아야 했다. 결국 그
들은 세세원의 아이들의 피를 빨아 호의호식하는 것 아닌가.

그 돈의 대부분은 홍원이 살업으로 번 돈이다.

그 돈은 그놈들의 호의호식에 쓰일 돈이 아니다. 세세원에서

깨끗이 정화되어야 할 돈이다.

옆강 마을에서 채미성까지의 거리는 제법 떨어져 있었다. 아침나절에 출발했건만 저녁나절이 되어야 도착했다.

경공을 사용하지는 않았지만 그래도 보통 성인의 두 배 이상의 속도로 걸어왔다.

보통 사람이라면 아마 열두 시진은 꼬박 걸어야 하리라.

결국 이틀은 걸리는 거리였다.

홍원은 성에 들어가자마자 번화가를 돌아다녔다. 무언가를 찾는 기색으로 주변을 살폈다.

'다시 찾을 일은 없을 것 같았는데……'

홍원은 번화가를 지나 유흥가로 접어들었다. 뉘엿뉘엿 해가 지며 거리에는 어둠이 서서히 내리기 시작했다.

유흥가의 하루는 이때부터 시작이었다.

곳곳에서 화려한 등을 문 앞에 내걸었다. 그리고 호객꾼들이 거리로 나오기 시작했다.

어여쁜 기녀도 있었고, 약삭빠른 사내들도 있었다.

그들은 끊임없이 행인들을 유혹하고 붙들었다.

홍원은 자신의 손을 잡아끄는 이들을 아랑곳하지 않고 수많은 등을 확인했다.

'저기군.'

그때 홍원의 눈에 띄는 등이 있었다. 아는 사람만 아는 표식이 있는 등이다.

모두 세 개의 등에 표식이 있었고, 그 표식들을 조합하니 하나의 기루를 가리키고 있었다.

혜화루(慧花樓).

홍원이 멈춰 선 곳이다.

이곳은 다른 곳과는 달리 호객을 위한 기녀나 사내가 없었다.

그저 웅장한 대문이 열린 채 문을 지키는 사내 둘이 있을 뿐이다.

그들은 홍원을 위아래로 훑어보았다.

혜화루에서 놀 만한 사람인지 살펴보는 것이다.

홍원이 걸음을 옮겨 안으로 들어섰지만 막지는 않았다. 그들의 눈에 홍원은 이곳에서 놀 정도는 되어 보인 것이다.

혜화루에도 등급에 따라 비용이 달라졌으니, 아마도 제일 낮은 급을 찾아온 손님이라 생각한 듯했다.

"어서 오십시오, 손님. 저희 혜화루는 처음이신지요?"

중년의 여인이 홍원을 맞았다. 끊임없이 손님들이 들어오고 있었고 각각의 손님을 맞는 이가 있었다.

어여쁜 기녀가 직접 나오는 이도 있었고 홍원처럼 중년의 여인이 나오는 경우도 있었다.

이들은 입구에서부터 손님의 급을 나누고 있었다.

"그렇네."

홍원의 대답에 여인이 다시 물었다.

"혹여 찾으시는 이라도 있으신지요?"

"처음인데 누굴 알겠는가?"

"저희 혜화루는 급이 나뉘어 있습니다. 청홍황백의 네 등급으로 백실이 가장 무난합니다."

딱 거기까지만 설명을 했다.

아마도 백실에서 놀다가 가리라 생각한 것이다.

청홍황백의 네 등급을 듣고는 홍원은 제대로 찾아왔다고 생각했다.

기녀의 등급에 따라 다른 대접을 하는 기루들은 세상에 많고도 많았다. 하지만 그 등급을 청홍황백으로 나누는 곳은 그리 많지 않을 것이다.

아니, 있다고 하더라도 세 개의 등의 표식이 가리키는 곳에 위치한 기루가 그리하고 있다면 이곳이 그곳이라는 의미다.

"난 흑실에 들고 싶네만."

홍원의 말에 중년 여인은 눈웃음을 지었다.

"그러시군요. 하지만 혜화루에는 흑실은 없습니다."

"없어도 있는 곳이라 아네."

"하늘에도 없고 땅에도 없습니다."

홍원의 대답에 여인은 고개를 저으며 말했다.

"검은 곳은 본디 아래쪽 더러운 것이 모인 곳일세."

이어진 홍원의 대답에 여인의 눈빛이 달라졌다.

"이쪽으로 오시지요."

여인은 홍원을 한쪽으로 안내했다. 여인의 뒤를 따르며 주변의 분위기가 바뀜을 느꼈다.

자신을 주시하는 자들의 기척이 느껴진 것이다.

홍원은 이미 혜화루에 들어온 순간부터 기감을 펼치고 있었다. 이곳에 있는 이들의 움직임을 하나하나 세세하게 느끼고 있었다.

여인은 은밀한 곳으로 이동해 기관을 작동시켰다. 그 이후 아래로, 아래로 내려갔다.

홍원은 잠자코 따라갔다.

여인이 향하는 곳에 강자들이 모여 있었다.

도착한 곳에 여러 개의 석문이 있었다. 다섯의 무인이 그 앞을 지키고 있었다.

"의뢰인이에요."

그 말을 남기고 여인은 돌아서서 나갔다.

무인들은 아무 말도 하지 않았다. 대신 오른쪽 끝의 석문 옆에 있는 기관을 작동시켰다.

홍원은 태연히 석문 안으로 들어갔다.

작은 서탁이 있었고 의자가 있었다. 홍원이 의자에 앉아 기다리고 있자니 잠시 후 맞은편의 석문이 열리며 묘령의 여인이 들어왔다. 대강 이각(약 30분) 정도의 시간이 흐른 듯했다.

"모처럼 만의 의뢰인이로군요."

여인이 눈웃음치며 말했다.

"역시 하오문(下汚門)은 빠르군. 벌써 나에 대해 다 알아냈나?"

하오문.

이곳은 하오문의 지부 중 한 곳이었다.

궁가방과 함께 대륙 최고의 정보 조직을 다투는 곳이었다. 홍원은 살수 시절 궁가방보다는 하오문의 정보를 많이 이용했다.

해서 이번에도 하오문을 찾은 것이다.

지부를 찾는 것도, 그들의 암어도 익숙했으니까 말이다.

그리고 거지들이 동냥하면서 주워듣는 것보다 훨씬 양질의 정보가 모였다.

정보의 양이 궁가방이라 하면 정보의 질은 하오문이었다.

도둑, 사기꾼, 소매치기, 점장이, 기녀, 점소이 같은 이들이 모여서 만든 조직이 하오문이다. 특히나 그중 기녀들과 점소이들의 정보가 질적으로 뛰어났다.

사람들은 여인의 품속에서나, 술에 취했을 때 온갖 비밀을 쏟아내곤 하기 때문이다.

그리고 무엇보다도 사채꾼들 역시 하오문의 한 축이었다.

홍원의 물음에 여인은 고개를 저었다.

"오늘 저녁 무렵에 채미성에 들어오신 분에 대해서 저희가 무얼 알아낼까요?"

여인은 고혹적인 미소를 지으며 말했다. 그 말에 홍원은 쓴 웃음을 지었다.

이들은 이미 자신이 채미성에 들어온 때를 알고 있었다.

"역시 대단해."

"과찬이세요."

그런 대화를 나누는 와중에도 이곳 주변의 움직임은 바빴다. 홍원은 기감으로 그 움직임을 모두 느낄 수 있었다.

이런 정보 조직이 가장 경계하는 대상은 아무런 연결점도 없이 처음 찾아온 사람이다.

이들은 지금 홍원을 극도로 경계하고 있었다.

오늘 처음 채미성에 들어온 이가 아무렇지도 않게 곧장 채미성의 하오문 지부를 찾았으니 말이다.

"세세원에 대한 정보를 알고 싶군."

홍원의 물음에 여인의 눈이 살짝 빛났다.

밖에서 또 다른 움직임이 느껴졌다. 아마도 밖에서 이 안의 대화를 들을 수 있는 장치가 되어 있는 듯했다.

"이곳까지 찾아오셨으니, 이미 아시겠지만 정보는 상중하 세 등급으로 나뉘어 있어요. 어떤 등급을 원하시죠?"

"상."

홍원은 짧게 답했다.

"잠시 기다리세요."

여인은 다시 석문을 열고 나갔다. 그녀가 다시 돌아온 것은 또다시 이각 후였다.

오늘은 유독 기다리는 일이 많았다.

여인이 두루마리 하나를 서탁에 올려놓았다. 홍원이 손을 뻗으려 하자 여인은 그 손을 막았다.

"계산이 먼저예요. 세세원의 상급 정보는 금 열 냥이에요."

그 말에 홍원이 눈을 찌푸렸다.

"비싸군."

그랬다. 작은 마을에 있는 아이들을 돌보는 작은 장원이다. 그리 대단할 것도 없는 곳이다.

그런 곳의 정보가 금 열 냥이라니.

"장죽 선생께 그 정도는 그리 큰 비용이 아니라 생각하는데
요."

여인은 생긋 웃었다.

세세원의 정보를 원한다는 한마디로 홍원의 정체를 이각 만
에 알아냈다.

홍원은 이리될 줄 알았다는 듯 피식 웃으며 품에서 금 열 냥
을 꺼내 건넸다.

홍원은 두루마리를 펼쳐서 내용을 쭉 읽었다.

과연 세세원에 관한 모든 내용이 적혀 있었다. 심지어 어제
자신이 세세원에 와서 아이들에게 죽을 먹인 정보까지 있었다.

"정보가 빠르군?"

"아무렴요. 하오문인걸요."

"하지만 상급인데도 내가 원하는 정보가 없어. 어떻게 된 거
지?"

홍원은 그 연유를 알면서도 물었다.

그 두루마리에는 세세원의 재산을 훔친 이들의 이름과 세세
원의 채권을 가진 사채꾼들의 이름이 빠져 있었다.

홍원의 물음에 여인은 손가락으로 입술을 살짝 문지르며 고
개를 갸웃거렸다.

"글쎄요. 저희가 가지고 있는 정보는 그게 전부인데……."

여인의 딴청에 홍원은 피식 웃었다.

그리고 품에서 금 백 냥짜리 전표를 꺼냈다.

"특급 가져와."

홍원의 말에 여인은 눈을 동그랗게 떴다.

그리고 밖의 움직임이 바빠졌다. 이들은 홍원을 세세원의 단순한 후원자 정도로만 파악했다.

어찌 하오문의 암어를 아는지는 아직 파악하지 못해서 여전히 바쁘게 움직이는 중이었다.

그랬기에 홍원을 상대하는 여인이 딴청도 피운 것이다.

그런데 특급 정보의 존재를 아는 이라니.

"자, 잠깐만 기다려요."

여인의 목소리가 살짝 떨렸다. 특급 정보의 존재를 안다는 것은 결국 하오문과 많이 얽혀본 인물이라는 의미다.

그녀 선에서 해결할 일이 아니었다.

그녀가 나가고 반 시진 동안 다시 방을 찾는 이는 없었다.

차 한 잔 없이 이 방에서 벌써 한 시진을 보냈다.

홍원은 미동도 않고 팔짱을 끼고 앉아서는 두 눈을 감고 시간을 보냈다. 전혀 지루하지 않았다.

기감으로 이들의 움직임을 다 읽고 있었으니까.

다시 일각쯤 흘렀을 때, 석문이 열렸다. 그리고 아까와는 다른 여인이 들어왔다.

아름다웠다. 딱 그 말만이 생각나는 외모를 가진 여인이었다.

"반가워요, 장죽 상공. 하오문 채미성 지부의 지부장을 맡고 있는 곡비연이라고 해요."

허리를 살짝 숙여 인사를 한 그녀는 홍원을 마주 보고 앉았다.

뒤이어 조금 전의 여인이 차를 내려놓고 나갔다. 석실에 홍원과 곡비연 둘만 남았다.

"귀한 손님이 오셨는데 대접이 부실했네요."

생긋 웃는 그녀의 미소는 눈부셨다. 이 어두운 석실이 일순 환해지는 듯한 착각을 일으킬 정도였다.

'이런 정도의 여인이라면 소문이 나지 않을 리 없는데?'

의문이었다.

그녀의 미모는 가히 모용연이나 단리유화와 비견해도 결코 뒤지지 않았다. 아니, 화려함은 단연 최고였다.

강호라는 곳은 미인을 좋아한다.

그래서 어딘가에 뛰어난 미인이 있다면 소문이 나게 마련이다.

강호사미, 무림오화니 하는 별칭이 괜히 생기는 것이 아니다.

당금 강호에는 아직 그런 별칭이 떠돌지는 않았다.

유래 없는 평화 때문인지도 몰랐다.

"차 맛이 좋군."

홍원은 차를 한 모금 들이켠 후 내려놓았다. 독이나 미혼약 같은 것은 없었다.

"세세원의 특급 정보를 원하신다고요?"

곡비연의 물음에 홍원은 고개를 끄덕였다.

"특급 정보의 존재를 알고 계신 걸로 봐서는 그 의미도 당연히 아시겠지요?"

"하오문이 얽혀 있는 정보지. 동료들의 정보. 그래서 특급은 상급의 열 배 비용인 것이고. 동료를 팔아야 하니까. 그리고 동료도 동료 나름인지라, 특급 정보들 안에서도 경중이 나뉘고."

홍원이 무심한 얼굴로 답하자 곡비연의 미소는 더욱 진해졌다.

"대단하군요. 본 문과 거래한 경험이 있지 않고서는 알기 힘든 사실들을 알고 계시네요. 지금 말씀하신 것만으로도 충분히 특급 정보로 분류되지요."

그리 말하며 곡비연은 여전히 홍원을 바라보았다. 그 고혹적인 미소는 점점 더 자극적으로 바뀌어갔다.

그럼에도 홍원은 미동도 없었다.

홍원은 일단 상대가 하는·양을 지켜만 보고 있었다. 이곳에는 정보를 얻으러 온 것이지, 분란을 일으키려 온 것이 아니다.

"특급이라 해도 충분히 팔 만한 녀석들이라 생각하고 왔는데."

홍원의 말에 곡비연은 나직이 한숨을 쉬었다.

"후우, 정말 알 수가 없는 분이로군요."

곡비연은 지금 환희미소공라는 미혼공을 펼치고 있었다. 거기에 홍원이 아무런 반응을 하지 않은 것이다.

직접 홍원을 유혹하여 그 정체를 알아내기 위해 이렇게 들어왔건만 소득은 아무것도 없었다.

"말씀하신 대로긴 해요. 하지만 그래도 본 문의 문도인 건 사실이죠. 이미 알고 계시니 특급 정보를 넘길 때의 과정도 알고 계시겠지요?"

홍원은 고개를 끄덕였다.

"그들에게 먼저 알리지. 정보를 사려는 자가 나타났다고."

"맞아요. 하지만 구매 희망자에 대한 정보는 알리지 않아요."

그 말에 홍원이 피식 웃었다.

"웃기지도 않는군. 구매자가 낸 금액의 두 배를 내면 역시 정보를 팔지 않았던가?"

"호호호."

홍원의 물음에 곡비연은 입을 가리고 웃었다.

"정말 저희에 대해 너무 잘 아시는군요. 거기까지 아신다면야, 특급 정보는 비싸게 사면 살수록 안전하다는 것도 아시겠네요."

하지만 홍원의 손은 그대로였다.

"기본 가격. 그거면 충분해."

"알겠어요."

홍원에게서 무언가를 더 캐내는 걸 포기했는지 곡비연은 손을 자신의 품으로 가져갔다.

하지만 그 방향이 이상했다.

앞이 살짝 파인 옷의 가슴 속으로 손을 넣은 것이다. 그 바람에 붉은 속옷의 자락이 살짝 보였다.

그럼에도 홍원의 두 눈은 여전히 무심했다.

'역시 소용이 없나?'

곡비연은 내심 혀를 찼다. 그녀는 여전히 환희미소공을 펼치고 있는 중이었다. 그 와중에 자극의 강도를 올리기 위해 일부러 그리 행동했으나 상대는 아무 반응도 없었다.

가슴에서 꺼낸 손에는 잘 접힌 종이가 들려 있었다.

"여기."

곡비연은 그 종이를 홍원 앞에 내려놓았다. 그리고 홍원이 올려둔 전표를 챙기며 종이를 펴 들었다.

달콤하고도 자극적인 향이 코로 훅 밀려들어 왔다.

곡비연의 분향과 체향이 스며든 것이다. 그리고 그 향에 감춰놓은 미혼향까지.

"거래를 하고자 온 손님에게는 순수하게 거래를 했으면 좋겠군. 장난질은 치지 말고."

홍원의 말에 곡비연은 아랫입술을 살짝 깨물었다.

자신이 준비한 수가 모두 무용지물이 된 것이다. 미혼향에 이어 여전히 환희미소공을 운용 중이었으나 상대는 꿈쩍도 하지 않았다.

'고수다. 상상 이상의 고수. 하지만 장죽이라는 고수는 없을 텐데?'

곡비연은 여전히 웃는 얼굴로 자신의 당혹스러운 심정을 숨기고 있었다.

하오문에는 조심해야 할 고수에 대한 목록이 아주 자세히 작성되어 있다. 눈앞의 사내는 그 목록에는 없었다.

하지만 보여주는 모습은 능히 그 이상의 고수로 짐작되었다.

"좋군."

곡비연의 심정이 어떤지는 홍원이 알 바가 아니었다.

그녀가 건넨 쪽지의 내용을 확인한 홍원은 고개를 끄덕였다.

그곳에는 세세원의 재산을 훔쳐 달아난 이들과 그들에게서 채권을 받고 돈을 빌려준 사채꾼들에 대한 정보가 일목요연하게 정리되어 있었다.

"그럼 난 이만."

홍원은 볼일을 끝냈기에 미련 없이 자리에서 일어났다. 곡비연은 무언가 더 말을 할 게 있는 것처럼 움찔거렸지만 애꿎은 허공에 빈손을 몇 번 휘저을 뿐, 아무런 말도 못 했다.

홍원은 왔던 길로 돌아나가는 동안 자신을 향해 날아드는 경계의 기운을 느꼈으나 그뿐이었다.

그들은 경거망동하지 않았고, 그랬기에 홍원은 그대로 빠져나왔다. 덤벼들지 않은 이들을 먼저 처단할 만큼 잔혹한 성품은 아니었다.

홍원은 유흥가를 벗어나 번화가 쪽으로 걸음을 옮겼다. 이제 오늘 묵을 곳을 찾아야 했다.

"생각대로야."

홍원이 혹시나 했던 것은 역시나였다.

세세원의 가산을 모두 훔친 이들, 그들 역시 하오문 소속이었다.

애초에 그 목적으로 세세원에 파고든 도둑들이었던 것이다.

끼리끼리 작당을 해서 해먹은 것이다.

"이 정보를 보면 능력이 없는 지부는 아닌 것 같은데……."

홍원은 자신이 얻은 정보를 떠올리며 고개를 갸웃거렸다.

장죽이라는 사람에 대한 정보는 순식간에 알아냈다. 하지만 신기하게도 장홍원에 대한 정보는 몰랐다.

지금쯤이면 하오문의 모든 지부에 소검선 장홍원에 대한 정보가 대략적으로 깔려 있어야 정상이다. 하오문은 그런 집단이다.

그런데 자신이 나올 때까지도 이곳에서는 자신의 정체를 알아내지 못한 듯했다. 맨 얼굴을 드러냈는데도 말이다.

도통 알 수 없는 일이다.

이들이 수집한 정보를 보면 능력은 충분한데.

"뭐, 그것까지 신경 쓸 이유는 없지."

그랬다.

하오문은 어디까지나 홍원이 정보가 필요해서 찾은 곳일 뿐이다. 그들이 어떤지는 홍원의 관심 밖의 일이다.

현재 홍원의 관심이 가 있는 곳은 단 한 곳이다.

세세원을 털어먹은 놈들.

"기대해도 좋아, 네놈들."

홍원의 낮은 목소리에는 음산한 살기가 가득했다.

비록 그들이 훔쳐간 금액보다 더 많은 금액을 그들의 정체를 캐내는 데 사용했지만 상관없었다. 홍원에게 금액은 중요한 것이 아니었으니까.

"후아……."

곡비연은 온 기운이 다 빠진 표정으로 예의 석실의 의자에 앉아 있었다.

홍원이 떠나고 반 시진이 흘렀건만 그냥 이곳에 있었다. 홍원을 상대하느라 소모한 심력 때문에 만사가 귀찮은 것이다.

"지부장님."

그때 처음 홍원을 상대했던 여인이 석문을 열고 들어왔다.

"알아냈어?"

기운 없는 소리로 곡비연이 물었다.

"네……."

대답하는 이의 목소리가 심상치가 않았다.

"뭐야? 무슨 일이야?"

그 기운을 느낀 곡비연의 목소리가 살짝 높아졌다.

"여기……."

그녀는 대답 대신 서류 뭉치를 곡비연에게 건넸다. 그곳에는 초상화도 함께 있었다. 곡비연은 빠른 속도로 서류를 보았다.

"하아……."

금세 모든 내용을 확인한 곡비연의 입에서 깊은 한숨이 흘러 나왔다.

"호랑이 아가리에 머리를 넣었다가 뺐네……."

여차하면 홍원을 칠 생각이었다. 처음 찾아온 이가 하오문의 사정에 대해 너무 잘 알았기에 위기감을 느낀 탓이다.

하지만 곡비연은 자신의 환희미소공이 먹혀들지 않는 것을 보고 모든 계획을 중지시켰다.

곡비연은 자신의 감이 이토록 대견한 적은 하오문에 들어온 이후 처음이었다.

"그, 그렇습니다."

서류를 전달한 여인도 떨리는 목소리로 답했다. 그녀도 이미 그 내용을 본 것이다.

"하아, 설마… 그가 소검선 장홍원일 줄이야……."

당연한 말이지만 홍원은 이곳을 찾아오면서 얼굴을 바꾸거나 하지 않았다. 그저 장죽이라는 가명만 사용했을 뿐이다.

홍원의 용모를 보고 하오문에서 그 정체를 알아낸 것이다.

다만 설마 홍원일 줄은 상상도 못 했기에 그 정체를 파악하는 데 시간이 조금 더 걸렸다.

홍원의 등장은 충격적이었다.

그랬기에 하오문에서도 모든 촉각을 곤두세워 홍원에 대한 정보를 수집했다.

"후우, 장홍원의 용모파기가 왜 우리 지부에 없었던 거야? 분명히 본 문에 정보를 요구했던 기억이 있는데."

그러고 보니 그의 초상화가 도착했다는 보고를 받은 기억이 없었다. 너무 바빠 당연히 확보했겠거니 하고 넘어갔었다.

"그것이… 극비 중의 극비라 중요 지부에만 전했다고 합니다."

빠득!

그 말에 곡비연의 이가 갈리는 소리가 울렸다.

말도 안 되는 소리다.

"지랄. 그걸 말이라고 하는 거야! 그런 중요 인물의 얼굴도 모르고 있다가 자칫 지부가 날아가기라도 하면 어쩌라고!"

실제로 곡비연은 조금 전 지부가 박살 날 위기를 넘겼다고 생각하고 있었다.

"빌어먹을. 결국 문주가 자기 쪽 파벌에게만 제대로 된 정보를 보냈다는 거지. 어떻게 생겼는지도 모르는 사람한테 박살이 나보라고. 결국 반대파를 날려 버리겠다는 거지. 이래서 소매치기 놈들은. 작은 것만 보고 큰 것을 못 보니."

그랬다.

절대고수의 비위를 거슬러 그와 사이가 틀어지고, 지부가 날아가면 결국은 하오문의 손해였다.

하오문 내의 세력 다툼을 하더라도, 하오문의 전체적인 힘에 손해가 있어서는 안 된다. 적어도 곡비연의 생각은 그랬다.

그런데 현재 문주와 문주의 출신인 소매치기들은 그 사실을 몰랐다. 아마도 소매치기들 중에 문주가 나온 것이 처음이라 그런 것이리라.

홍원이 행한 어마어마한 일을 모두 알고 있는 그녀였다.

아무리 그래도 하마터면 지부가 통째로 날아갈 뻔했다.

모골이 송연해졌다. 정말로 황천에 한쪽 발을 넣었다가 뺀 기분이다.

결국 그녀의 분노는 모두 문주를 향했다.

현재 문주의 최대의 경쟁자가 곡비연, 그녀의 어머니였기에 더욱 견제가 들어온 것이리라.

"더군다나 그가 저희 쪽에 대해 너무 잘 알고 있어서 한 번이라도 본 문에 의뢰를 했던 고수들부터 정리를 하다 보니 더 늦어졌습니다."

수하의 말에 곡비연은 고개를 끄덕였다.

알아도 너무 잘 알았다. 대체 어찌 그런 것일까? 소검선은 단 한 번도 하오문에 발을 들인 적이 없었다.

"그건 그래. 대체 어찌 된 영문일까."

홍원이 죽립으로 하오문을 찾을 때는 항상 복면으로 신분을 감췄었다. 은살림에서 온 살수였기에 굳이 복면을 벗게 하지 않았다.

하오문으로서도 그들의 진정한 정체를 알게 되는 것은 부담이었기 때문이다.

"가만."

그때 곡비연의 생각이 다른 쪽으로 움직였다.

"그를 우리 쪽으로 포섭한다면?"

어쩌면 이건 천재일우의 기회일지도 몰랐다.

"어머니를 뵈어야겠어."

곡비연의 움직임이 바빠졌다.

봄날의 아침 공기는 상쾌하면서도 따뜻했다.

"딱 좋은 날이군."

홍원이 미소를 지으며 반점을 나섰다.

간밤에 푹 자면서 몸의 상태도 최상이었다.

이제 도둑놈들을 잡으러 가면 된다. 물론 그 전에 들를 곳이 있었다.

사채꾼들.

"결국 놈들도 한통속이었다는 거지."

홍원의 미소가 스산했다.

걸음에 거침이 없었다. 이미 곡비연에게 받은 정보 덕에 그들이 어디에 모여 있는지 알고 있는 터였다.

그 작은 종이에 약도까지 그려놓았다. 과연 하오문이라 할 만했다.

홍원은 그 내용을 모두 암기한 상태였다. 그랬기에 길을 찾는 데 망설임이 없었다.

어느새 홍원은 채미성의 뒷골목으로 들어섰다.

이곳부터는 새로운 세계가 펼쳐졌다. 읍성에는 없는 곳이다. 그리고 홍원의 과거가 생각나게 하는 곳이다.

죽림으로 이런 곳을 숱하게 다녔으니까.

허름한 초가집 앞에 홍원이 멈춰 섰다. 아무것도 없었다.

입구를 지키고 있는 인상 더러운 덩치가 아니었다면 이곳이 어떤 곳인지 짐작도 못 하리라.

만약 황약수가 빚을 갚겠다고 이곳을 찾아온다면 쉬이 찾을 수 있을까?

사채꾼들이 황약수를 찾는 걸음을 멈추면 그길로 빚은 기하급수적으로 늘어날 수밖에 없었다. 갚으러 찾아올 수가 없을 테니까.

덩치는 험상궂은 표정으로 홍원을 바라보았다. 마치 무슨 시비를 걸러 왔냐는 듯한 얼굴이다.

"귀금파(鬼金派) 맞나?"

홍원이 싸늘하게 물었다. 덩치는 홍원의 물음에 인상을 풀었다. 자신들을 알고 찾아온 부류는 딱 둘이었다.

돈을 빌리러 오거나, 갚으러 오거나.

하지만 갚으러 오는 이는 이리 쉽게 올 수 없으니 분명 빌리러 온 것일 터, 즉 고객이었다.

덩치는 금세 미소 띤 얼굴로 말했다.

"이런, 손님이셨군요. 몰라 봬서 죄송합니다. 안으로 드시지요."

그와 동시에 작은 덩치의 사내가 옆문으로 잽싸게 튀어나갔다. 아마도 홍원의 정보를 알아보러 가는 길이리라.

안쪽으로 들어가니 염소수염의 사내가 주판을 열심히 튕기고 있었다.

"얼마나 필요하오?"

이런 일이 일상인 듯 그는 홍원을 제대로 쳐다보지도 않고 물었다.

"세세원의 채권을 돌려받으러 왔는데?"

스산한 목소리에 주판을 튕기던 사내의 손이 멈췄다. 그리고 고개를 들어 홍원을 마주 보았다.

"팽호, 맞지?"

하오문에서 받은 정보에 있는 사내였다. 인상착의가 묘사되어 있었는데, 염소수염이라는 특징 덕에 대번에 알아보았다.

이자가 이곳 귀금파의 수장이었다.

"처음 보는 얼굴인데… 당신이 어찌 세세원의 채권을 돌려받겠다는 거요?"

"돈을 빌려줄 때는 아는 얼굴이라 빌려줬나?"

돌아온 대답에 팽호는 얼굴을 찡그렸다. 이곳은 자신의 본거지였다. 이곳에서 이런 안하무인이라니.

어느새 안에서의 소란을 눈치챘는지 귀금파의 힘깨나 쓰는 이들이 슬금슬금 모여들기 시작했다.

"밖에 있는 놈들 안으로 들어오면 재미없어."

홍원이 활짝 웃으며 말했다.

그 웃음이 주는 감각이 묘했다.

"돈은 가져온 거요?"

머리털이 쭈뼛 서는 불길한 예감에 팽호는 치미는 화를 일단 한 번 참았다.

홍원은 고개를 저었다.

"빌린 돈을 갚지도 않고 채권을 돌려받겠다? 허, 강도질을 하겠다는 거요?"

"애초에 돈을 빌려 간 놈들한테 돈을 받아야지. 애꿎은 세세원의 집문서를 담보로 잡지 말고."

스산하고도 싸늘한 목소리와 미소 띤 홍원의 얼굴은 묘한 조화를 이루고 있었다.

"우리는 성주에게 허가를 받아 정당한 세금을 납부하고, 대부업을 하고 있소. 이자도 정한 대로만 받고 있음은 물론이오. 한데 이 무슨 말도 안 되는 억지요?"

짐짓 화가 난 듯 팽호가 큰소리로 외쳤다.

'성주도 얽혀 있으시다?'

점점 더 일이 커지는 느낌이었다.

"그건 난 모르겠고."

홍원이 거기까지 말하고 팽호를 노려봤다. 팽호를 절로 마른 침이 넘어가는 것을 느꼈다.

"곽진, 형루, 태가허, 알지?"

홍원의 물음에 팽호가 몸을 흠칫 떨었다.

"세세원의 집문서를 가지고 돈 빌려 간 놈들인데, 모를 리가 없지?"

"어, 어찌 그걸……."

예상치 못한 추궁에 팽호는 그만 말이 헛나왔다. 모른다고 잡아뗐어야 했건만 그만 실토를 해버렸다.

"행수 어른."

그때 누군가가 팽호를 찾아와 작은 종리를 주고 재빨리 사라졌다. 홍원이 들어올 때 잽싸게 튀어나간 이였다. 홍원은 모두 알고 있었지만 그냥 모른 체했다.

홍원이 앞에 있음에도 팽호는 자신에게 전해진 종이를 펼쳐 보고는 와락 인상을 찌푸렸다.

'불명.'

단 두 글자만 적혀 있었다.

이럴 리가 없었다. 어찌 하오문에서 채미성 내에 모르는 이가 있을 수 있단 말인가.

팽호의 뒷골이 찌르르 울렸다. 하오문에서 이자에 대한 정보를 주기를 거부한 것이다.

어쩌면 거물일지도 몰랐다. 그렇지 않고서야 자신들 또한 하오문 소속인데 이런 식으로 정보를 자른단 말인가.

"그 세 놈 어디 있어?"

"그, 그걸 왜 나에게……."

팽호의 대답에 홍원의 얼굴이 무표정하게 변했다.

환하게 웃었다가, 미소 지었다가, 무표정해졌다가. 순식간에 너무 많은 표정과 감정을 보여주고 있었다.

흡사 미친놈 같았다. 그래서 은근한 두려움이 몰려왔다.

미친놈은 무슨 짓을 저지를지 모르니.

"같은 하오문 놈들이잖아. 네놈들 사채꾼들이랑 그 도둑놈들. 네놈이 성주를 걸고넘어지니 일단 그놈들 먼저 족쳐야지."

홍원의 두 눈이 살기로 번들거렸다.

"그… 그걸… 지금……."

홍원의 몸에서 뿜어져 나온 살기가 귀금과 전체를 장악했다. 문밖에서 대기하고 있던 이들 모두 온몸을 떨며 땀을 뻘뻘 흘리고 있었다.

팽호는 다리 사이가 축축해지는 것을 느꼈다.

'대, 대체… 이게…….'

사신이 찾아왔음을 이제야 실감했다.

"드, 드리겠습니다… 채, 채권을."

그 말에 홍원은 손가락으로 귀를 파내며 말했다.

"필요 없어. 성주께 허가까지 받았다는데 내가 어찌하겠어. 그러니 그놈들 위치나 불어. 네놈은 알고 있을 거 아냐? 그놈들이랑 작당을 하고 세세원에 작업 친 거 아냐?"

"그, 그것이……."

퍽!

팽호가 미처 말을 잇지 못하자 홍원의 발끝이 그대로 그의 복부로 날아들었다.

분명 저만치 떨어져 있던 이가 순식간에 눈앞에 나타나다니.

"크헉!"

비명이 터져 나왔다.

쾅!

가볍게 휘두른 홍원의 주먹에 한쪽 벽이 그대로 무너져 구멍
이 훤하게 뚫렸다.

"어디 있어?"

짧게 물었다.

"그……."

퍽!

홍원의 발끝이 다시 한 번 날아갔다.

"크헉!"

똑같은 비명이 터져 나왔다. 팽호는 이제 바닥에 널브러졌다.

"어디 있어?"

"옆강 마을! 옆강 마을에 있습니다!"

그제야 홍원은 만족한 얼굴로 고개를 끄덕였다.

"좋아."

그의 대답은 곡비연이 준 정보와 일치했다. 혹시나 해서 확
인한 것이다.

"그럼 기다리고 있어. 그놈들 족치고 올 테니까. 그사이 튀거
나 하면……."

꿀꺽.

바닥에 뻗은 채로 팽호는 마른침을 삼켰다.

"차라리 지옥에서 살고 싶다는 생각이 들게 만들어주지."

그 말과 함께 남긴 미소는 악마의 그것보다도 잔혹하고도 사악해 보였다.

홍원은 다시 혜화루로 향했다.

불법적인 사채꾼들일 거라 생각한 귀금파 놈들이 성주의 정당한 허가를 받았다고 하니 그 정보가 필요한 탓이다.

아직 오전 시간이었기에 혜화루의 문은 굳게 닫혀 있었다. 홍원은 아랑곳 않고 문을 두드렸다.

쾅, 쾅, 쾅!

이내 문이 열렸다. 요란한 소리에 사람이 나온 것이다.

어젯밤 홍원을 처음 안내한 이였다. 홍원의 얼굴을 확인한 그녀는 흠칫 떨었다.

"안으로 드시지요."

용건을 묻지도 않았다. 그녀는 자신이 할 수 있는 한 가장 공손한 자세를 보였다.

'알아차렸군.'

그 모습에서 홍원은 이들이 이제야 자신에 대해 파악하였음을 알 수 있었다.

혜화루 안쪽으로 홍원을 안내했다. 어제 간 곳과는 달랐다. 그녀의 뒤를 따르니 가장 높은 층의 화려한 방으로 홍원을 안내했다.

"잠시 기다리시면 루주께서 오실 겁니다."

그녀는 그 말을 남기며 허리를 숙이고 나갔다.

일각이 조금 안 된 시간, 맞은편의 문이 열리고 곡비연이 모습을 드러냈다.

어젯밤에 특급 정보를 건네주는 모습에서 보통 신분은 아닐 것이라 생각했지만 루주일 줄은 몰랐다. 홍원의 얼굴에 살짝 이채가 떠올랐다.

"천첩 곡비연이 장 상공을 뵙습니다."

곡비연은 최대한 공손하게 허리를 숙여 예를 취했다. 그 모습에 홍원이 피식 웃었다.

하룻밤 사이에 너무 많은 것이 달라졌다.

"하오문치고는 좀 늦군."

홍원의 말뜻을 안다는 듯 곡비연을 손으로 입을 가리고 눈웃음을 지었다.

"문 내부에 문제가 좀 있어 저희 지부에 소식이 좀 늦었습니다. 장 상공의 위명은 천하를 울리지만 그 존안을 아는 이는 극히 드무니까요."

그 말에 홍원은 고개를 끄덕였다.

홍원은 얼굴을 감추지 않았지만 그의 얼굴이 크게 알려질 기회는 적었다.

홍원의 무공의 위력에 가까이서 그 얼굴을 확인할 수 없었고, 또한 사혈궁과의 싸움은 본 궁 내부에서 진행된 싸움이었다.

생존자들이 자신의 초상화를 그려내지 않는 이상은 얼굴이 쉬이 알려지지 않으리라.

얼마 전 읍성에서의 일로 이제 강호의 정보 조직에 알음알음 퍼지고 있을 것이다.

"친히 이 누추한 곳을 어인 일로 다시 찾으셨는지요?"

"귀금파랑 채미성주."

홍원의 짤막한 말에 곡비연은 잠시 기다리라는 말을 남기고 밖으로 나갔다.

일각 후 돌아온 그녀의 손에는 특급 정보가 들려 있었다.

"얼마지?"

홍원의 물음에 곡비연은 고개를 저었다.

"소검선께서 본 지부와 인연을 맺은 기념으로 그냥 선물로 드리는 겁니다."

홍원은 거부하지 않았다.

"고맙군."

홍원은 자리에서 일어났다. 이곳에서의 볼일은 끝났다.

"혹여 필요하신 일이 있으시면 언제든지 찾아주십시오."

그 말과 함께 곡비연은 홍원을 문 앞까지 배웅했다.

홍원은 곧장 옆강 마을로 향했다. 이번에는 경공을 극성으로 펼쳤다.

등잔 밑이 어둡다고 크게 한탕 하고는 옆강 마을로 숨어든 것이다. 물론 얼굴은 역용으로 숨기고, 이름도 바꾸었으리라.

"보통 놈들은 아니야."

도둑들은 크게 한탕 하면 흥청망청 쓰게 마련이다. 그래서 홍원은 그들이 당연히 채미성의 유흥가에 있으리라 예상했었다.

그런데 옆강 마을에 숨어 있다니.

조심성이 많아도 너무 많았다. 벌써 몇 달째 그리 몸을 사리고 있다니.

"뭐, 그럴수록 응징할 맛이 나는 법이지."

홍원의 응징은 이제부터 시작이었다.

전력으로 경공을 펼치니 몇 시진 되지 않아 옆강 마을에 도착했다.

곡비연에게 받은 정보에 의하면 옆강 마을에서도 강에 가장 가까운 곳에서 셋이 함께 지내며 낚시로 소일하고 있다 했다.

홍원이 막 그곳에 당도했을 때, 마침 낚싯대를 어깨에 걸친 세 사람이 터덜터덜 걸어가고 있었다.

"곽진, 형루, 태가허."

갑작스레 이름이 불린 세 사람은 우뚝 멈춰 섰다.

"맞군."

홍원은 가벼운 걸음으로 그들을 향해 다가갔다.

"도둑놈들이 제법이야. 성주까지 끼어서 큰 그림을 그리고."

홍원이 살기 가득한 웃음을 지으며 말했다.

세 사람은 눈알을 뒤룩뒤룩 굴리며 서로를 바라보았다.

팽호가 성주를 언급한 덕에 곡비연에게 추가로 얻은 정보.

그곳에 이들이 세세원을 턴 이유가 있었다.

그들은 정말로 큰 그림을 그리고 있었다.

그리고 팽호가 이들의 소재를 말하지 않으려는 이유도 있었다.

세세원의 땅문서의 절반은 아직 이들이 가지고 있었던 것이다.

황약수는 사채꾼들이 전부 가지고 있다고 생각하고 있었지만 아니었다.

아마도 갑자기 들이닥친 이들 때문에 채권 서류의 내용도 제대로 확인하지 않은 것이리라.

귀금파 놈들이 성주에게 허가를 받아 사채업을 하는 것이라면 일단 빚이 담보로 설정한 물건의 가치보다 늘어나야 담보를 빼앗을 수 있다.

채권과 집문서 원본은 현재 성의 관청에 보관되어 있다.

팽호가 성주의 이야기를 했을 때, 홍원이 일단 귀금파에서 물러난 이유가 그것이었다. 귀금파를 족쳐봐야 채권을 돌려받을 수 없었다.

"누, 누구요?"

셋 중 형루가 떨리는 목소리로 물었다.

"나? 너희를 응징할 사신이지."

홍원이 히죽 웃었다.

『홍원』 8권에 계속…